아침달 시집

엄청난 속도로 사랑하는

고민형

시인의 말

갑 티슈를 보고 있다. 티슈 한 장이 갑 바깥으로 반쯤 나와
있다. 처음에는 하얀 지느러미 같았다. 나중엔 혀, 지금은
손을 내밀고 있는 것 같다. 슬픈 표정도 기쁜 표정도 짓지
않으면 누구라도 오해할 수 있지 않을까. 아무 표정도 없는
얼굴은 거울 같아서 다들 자기 얼굴을 보고 놀라지 않을까.
저 사람은 잔인하구나. 저 사람은 속으로는 웃고 있을 거야.
저 사람은 아무렇지 않겠지. 티슈를 보고 있는 나처럼
사람들도 내가 뻗은 손을 보고 하얀 휴지를 떠올리지는
않을까. 이 휴지는 마음대로 뽑아 써도 되겠지. 혀를 내밀고
있는 거라면 그 혀를 뽑아버릴 거야, 라고. 내 얼굴을 보면서,
이것은 거울이군요, 말도 못 하게 망가진 거울입니다, 세상을
좀 더 분명하게 보여주려고 했군요, 여기 뒤틀린 부분,
코와 입 사이에 나름의 의도가 있는 것 같습니다, 라고
자신의 얼굴을 거울에서 지우는 사람들을 향해 나는
기대하고 있었고. 그 기대를 무참히 깨버리고 싶은가요?
티슈는 대답이 없다. 혀도 손도. 내 얼굴에 비친 내 얼굴이.

2022년 5월
고민형

차례

1부
당신은 왜 나를 떠나지 않습니까

2부
재현할 방법 없음

3부
내가 말하지 않은 모든 것

4부
네가 찾고 있던 게 이게 아니라도

부록

1부

당신은 왜 나를 떠나지 않습니까

모름 모름 모름

당신들은 아무것도 모름. 세 살 아이처럼 모름. 우리 아 버지처럼 모름. 친한 친구처럼 같은 집 같은 담벼락에 매일 노상 방뇨하는 사람처럼 썩은 과일을 골라내 저렴한 가격을 매기는 점원처럼 자기가 떠메고 가는 이가 누구인지 모르는 불어난 강물처럼 내가 누구인지도 모르고 키워낸 키워낸 우리 엄마처럼 총알처럼 폭탄의 파편처럼 누구를 죽이고 살리는지 모르고. 제 갈 길을 가는 것처럼 보이지만 피뢰침에 꽂히고 마는 번개처럼. 시체처럼 근육의 경련처럼. 나에게 꽃을 던지는 사람들 손뼉을 치는 사람들 침을 뱉는 사람들 내보낸 것이 포물선을 그리며 도착함. 이게 뭐임. 이거 왜 주는 거임. 알 리 없음. 모름. 어깨에 자꾸 부딪힘. 이 시간 지하철, 버스. 부딪히지 않으면 나아갈 수 없음. 아래위로 좌우로 흔들림. 솟아오름. 떠밀림. 모름. 모름.

초키의 연료

초키가 환각버섯 다섯 개를 가져왔다. 첫 번째는 사슴 뿔같이 생긴 붉은색 버섯이었다. 두 번째는 악마의 손톱 세 개가 붙어 있었다. 세 번째는 흰색 버섯 모양으로 윤기가 흘렀다. 네 번째는 침대 밑에 뭉쳐 있는 먼지덩어리에 검은색 후추를 친 것 같았다. 다섯 번째는 검은 입을 벌리고 있었다. 우리는 그것들을 프라이팬에 올렸다. 트러플 기름을 붓고 센 불로 볶기 시작했다. 다섯 번째 버섯이 흔적도 없이 녹아버렸고 사슴뿔은 검게 변했다. 나머지는 기름에 젖어 먹음직스러웠다. 우리는 어제 배달시킨 카레에 버섯을 올려서 먹었다. 그리고 함께 슈퍼볼을 봤다. 초키는 내 냉장고에서 마음대로 맥주를 꺼내 마셨다. 나는 그에게 주방에 있는 콤보스ᵛ를 가져다 달라고 했다. 초키는 미식축구에 대해 이해를 못 했다. 엔드존에 도착하면 무슨 일이 생기냐고 나에게 묻길래 상대편 선수 다섯 명을 가져올 수 있다고 알려줬다. 전화벨이 몇 번 울렸다. 전화를 받으려는 나를 초키가 막았다. 지금은 가능하면 혼자 있는 게 좋다고 초키가 말했다. 열두시가 되었다. 아무 일도 일어나지 않았다. 초키는 집으로 간다고 했다. 나는 늦게라도 무슨 일이 벌어지면 전화하겠다고 말했다. 초키는 경찰에게는 전화하면 안 된다고 말했다. 나는 초키가 가고 경찰에게 전화했다. 곧이어 경찰이 문을 두들겼다. 나는 경찰에게 모두 떠났다고 말했다. 경찰이 고개를 끄덕이고 수첩에 무언가를 적었다. 나는 경찰의 수첩을 빼앗고 얼른 문을 닫았다. 경찰이 문을 두들겼다. 창문 너머로 플래시를 비췄다. 나는 침실로 뛰어가 방문을 잠그고 이불을 뒤집어썼다. 경찰은 나에게 수첩을 돌려주지 않으면 경찰봉을 내 항문에 집어넣을 거라고 으름장을 놓았다. 경찰봉이 이불 밑으로 들어왔다. 나는 수첩을 이불 밖으로 던졌다. 몇 번 더 경찰이 나를 부르는 소리가 들렸다. 나는 초키에게 전화해야 한다는 사실을 기억해냈다. 초키는 섬세해져 있었다. 나는 초키를 배려해주어야 한다는 걸 알았다. 초키에게 성적인 취향에 대해서는 묻지 않을 거라고 딱 잘라 말했다. 초키가 꼭 엄마처럼 나에게 소리를 질렀다. 나도 소리를 질렀다. 그녀는 당장 집으로 올 거라고 했다. 여기는 나미비아인데 엄마가 올 때는 이미 하마가 팬케이크를 굽고 있을 거라고 내가 말했다. 엄마는 언제 이사했냐고 물었고 나는 지금 이사 중이라고 했다. 창밖을 보니 집이 날아가고 있었고 전화기에서는 신호음이 들렸다. 나는 하늘 위에 있었다. 갈매기가 날아가면서 남은 카레가 있으면 좀 던져달라고 했다. 나는 냉장고에 있는 음식을 모조리 꺼내 갈매기에게 던져줬다. 그 녀석은 고맙다는 인사도 하지 않았다. 나는 속았다는 사실을 깨달았다. 주방에서 탄내가 나서 가보니 꼬마 악마 셋이서 프라이팬에 엉덩이를 지지고 있었다. 나는 빗자루를 휘둘러 그들을 내쫓았다. 프라이팬에 붉게 탄 자국이 남아서 달걀을 풀어 구웠다. 손으로 그걸 뜯어 먹고 있었는데 노크 소리가 났다. 초키였다. 초키가 갈매기 두 마리를 밟고 날고 있었다. 초키가 말했다. "잭키, 여기 두 마리는 너에게 신세를 갚고 싶대." 나는 갈매기 두 마리의 턱을 가볍게 쓰다듬고 초키가 집으로 펄쩍 뛰어오르게 도와줬다. 초키는 나를 안고 웃기 시작했다. 그는 다리에 힘이 풀렸는지 자꾸 바닥에 쓰러지려고 했다. 나는 그를 안아 들어 소파에 눕혔다. 그가 힘들어하길래 수건을 찬물에 적셔 이마에 얹어주었다. 초키는 나에게 미식축구를 하던 포니는 어떻게 되었냐고 물었다. 나는 포니는 나미비아로 떠났고 그 애 엄마는 동부로 이사했다고 알려주었다. 초키는 내 멱살을 잡더니 포니는 자기 아들이라고 말했다. 나는 알겠다고 했다. 그러니 지금은 일단 쉬고 이 버섯이 끝나면 다시 이야기하자고 했다. 초키가 소파에 완전히 뻗어서 점점 소파 밑으로 흘러내렸다. 나는 그가 소파 밑으로 스며들 때마다 그를 건져 올렸다.

나중에는 놔두었다가 바닥에 흐른 그를 걸레로 몇 번 닦았다. TV에서 심판이 추가 시간을 알렸다. 전화벨이 다시 울렸다. 엄마였다. 엄마는 내가 굶고 있을까 봐 걱정이라고 했다. 음식을 해서 배송시켰으니 잊지 말고 냉장고에 넣어놓으라고 말했다. 나는 알겠다고 했다. 노크 소리가 났다. 우체부였다. 나미비아에서 편지가 온 것이었다. 나는 편지를 주머니에 넣고 우체부와 잠깐 잡담을 나눴다. 거실에서 초키가 소리를 질렀다. 아마도 승부가 난 것 같았다. 우체부는 모자를 눌러쓰며 인사했다. 나도 손을 흔들었다. 편지를 뜯었다. 사랑하는 아빠에게, 라고 적혀 있었다. 나는 초키에게 돌아가는 대신 방으로 들어갔다. 창문 밖으로 새들이 줄지어 날아가고 있었다.

🕯 Combos. 체다치즈 크래커의 일종.

종말론자

종말을 기다린다. 집을 팔고 회사를 그만둔다. 아이들은 학교에 안 간다. 뒷산에 옹기종기 모여 땅굴을 파고 벙커를 만든다. 한 달을 버틸 비상식량과 이 년도 넘게 가는 통조림을 쌓아놓고 방사성 낙진, 화산재가 내려앉을 때까지 한동안 숨도 쉬지 않고 버틸 계획을 짠다. 해가 나고 비가 온다. 씨앗을 담은 자루도 하나씩 챙긴다. 한 달을 그렇게 살면 다시 식량을 구해온다. 공무원이 산으로 올라온다. 공무원이 쫓겨난다. 경찰이 올라간다. 어른들이 잡혀간다. 아이들은 보호소로 간다. 누군가는 뒷산에 남고 또 누군가는 떠난다. 숲속 깊숙이 들어가거나 집 아래 벙커를 만들고 다시 식량을 쌓아놓는다. 공무원은 또 문을 두드린다. 문이 열리지 않으면 경찰을 부르고 법원에 서류를 보낸다. 퇴근 시간이 되면 서류는 책상 위에 올려놓고 집으로 간다. 소파에 누워 TV를 본다. 사랑하는 사람과 입 맞춘다. 서로의 머리를 쓰다듬는다. 꿈속에서 종말론자 아이와 어른 하나씩 나왔다가 사라져도 아침에 일어나면 기억이 나지 않는다. 꿈에서 깨어나 꿈 밖의 종말론자를 만나러 양치질하고 머리를 손질한다. 벙커의 문을 두드린다.

테라피

선생님이 참기름을 내 이마에 바른다. 인도에서 기인한 치료법으로 오랫동안 빛을 못 본 것이라고 한다. 직업도 없이 새벽에 잠이 드는 시인도 이 요법을 애용한다고 한다. 이른 아침부터 엄마가 참기름을 내 팔뚝에 살살 찍어 바르고 있다. 언제까지나 기다려주겠다고, 다만 언제까지인지 알려달라고 속삭인다. 나는 걷어 올린 소매를 내려달라고 부탁한다. 눈을 뜰 수가 없다. 유행을 견딜 수 없다. 언제는 향을 피우고 다리를 꼬고 명상하던 사람들이 이렇게 참기름 냄새를 피우나. 사랑하는 사람이 배꼽을 잡고 웃는다. 자기도 해보고 싶다고 눈물을 닦으며 부탁한다. 그러다 요즘 힘들다, 언제 이 일을 그만둘까, 내년에는 우리 약속하자, 이런 이야기를 한다. 한 손으로 붓칠하면서.

내 몸이 반질반질해질 때까지 사람들이 돌아가며 붓칠한다. 처음에는 웃통을 벗기고 나중에는 어떻게 앉아야 하는지 정해주며 땀이라도 흘릴까, 물이라도 쏟을까 나를 애지중지한다. 나는 가부좌를 틀고 참기름을 받아낸다. 사람들이 붓을 놓고 절을 하고 두 손 모아 기원한다. 나의 제자가, 옛날에는 애인이었던 머리를 빡빡 민 수행자가 내가 하는 말을 받아적고, 어머니, 아버지, 선생님, 시인, 친구들 둥글게 둘러앉아 그것을 암송한다.

드디어 이 유행이 지나갈 때 사람들 참기름도 잊고 유행이었던 사실도 잊은 채 가부좌를 틀고 앉아 기도문을 외고, 왼 사람은 한 번 온몸에 참기름을 바른 사람과 다를 바 없다 하여 큰 소리로 한국어에는 없던, 저 멀리 인도에서도 없던 그 소리를 내는데 내가 드디어 일어나 창을 열고 쏟아지는 태양을 맞았다. 불타오를 수 있었다. 잘 탔다. 마른 장작보다 더, 기름칠한 고기보다 더 잘 탔다. 어머니, 아버지, 친구, 애인이었던 수행자들 모두 하나의 유행이 지나간 것을 그때 깨달았다.

젊은 신부

신부님은 특정한 수도회에 소속되어 있었다. 거기서 그는 한 번도 신부였던 적이 없었다고 했다. 나는 그게 무슨 소리인지 알 수 없었다. 신부님은 그가 믿는 종교와 의식에 대해서 아는 것이 없었다. 신부님은 올바르게 교육된 복사들, 그러니까 마을에서 가장 엄격한 집안의 아이들에게 도움을 받았다. 그는 성경도 처음 읽는 것 같았다. 그는 성경의 몇 구절에 진심으로 탄복했고 우리에게 집으로 돌아가 성경을 읽어보라고 권했다. 그는 복사들이 마음대로 의식을 줄이거나 성가대가 엉뚱한 곡을 연주해도 별로 신경 쓰지 않았다. 그는 그것을 즐겼다. 몇몇이 그에게 항의했고 누군가는 교구에 투서를 보냈다. 교구는 이 신부가 특별한 수도회에서 왔다는 것을 이해하고 있으며 교황청에 의해 완벽히 순수한 신부로 인정되었다는 답신을 보냈다. 미사 때 간식을 먹는 것이 허용됐다. 누군가는 와인 대신 콜라를 마셨다. 그는 성경을 큰 소리로 읽었다. 그가 가장 좋아하는 순간은 "Ite, missa est."(가십시오. 나는 그대를 보냅니다.)라고 외칠 때였다. 나중에는 마을 사람들이 다 같이 그 부분을 크게 외치도록 했다. 그는 이제 막 고등학교를 졸업한 미셸과 데이트를 하기 시작했다. 미셸에 따르면 신부는 완벽하게 순수한 사람이 맞으며 심지어는 좋은 기회를 날려버리더라도 전혀 아쉬워하는 티를 내지 않았다고 했다. 미셸의 아빠는 신부에게 미셸을 오후 9시 전에 집으로 돌려보내지 않으면 가만두지 않겠다고 했다. 미셸은 그보다 30분 일찍 집으로 돌아갔다. 미셸과 신부는 아무런 사이도 아니란 것이 밝혀졌다. 고해성사에서 신부가 나에게 했던 고백을 나는 지켜주기로 했다. 그가 왜 자기 겨드랑이에 난 털에 대해 죄책감을 느꼈는지는 이해가 안 갔다. 성당은 학교에 가지 않는 아이들의 놀이터가 되었다. 그들이 성당 뒤편에서 위험한 약물을 흡입한다는 소문도 돌았다. 신부는 성당에 나오는 사람들이 줄고 있다는 사실에 풀이 죽었다. 그는 술집으로 갔다. 술집에서 사람들과 어울려 술을 마시다 주일에도 성당에 나가지 않았다. 성당은 지나치게 더러워져서 10대 아이들도 가지 않았다. 거기에는 지푸라기가 가득했고 농장에서 도망친 개와 닭이 함께 둥지를 틀었다. 신부는 술집에서 일하기 시작했다. 그는 바텐더에게 칵테일 몇 가지를 만드는 법을 배웠다. 그는 사람들의 이야기를 듣는 걸 좋아했다. 새로 온 이들은 신부가 신부인 줄 몰랐고 신부도 자기가 신부인 줄 몰랐다. 미셸은 그곳에서 웨이트리스로 일하다가 결국 신부와 결혼하기로 했다. 신부는 나에게 들러리가 되어주기를 바랐다. 나는 그러기로 했다. 사람들은 결혼식 당일 성당으로 갔다. 신부와 미셸, 그리고 마을의 청년들이 성당을 말끔하게 치워놓았다. 개에게는 성당 옆에 집을 지어주었다. 울타리를 만들어 닭은 넣어놓았다. 나무 벤치는 낡아서 앉을 때마다 소리가 났다. 정오가 되자 성당의 종이 울렸다. 신부는 미셸의 손을 잡고 입장했다. 꼬마들이 꽃잎을 뿌리며 앞장섰다. 나는 왜인지 눈물이 났다. 나와 미셸은 이 동네에서 아주 어릴 때부터 알았다. 신부도 오래된 친구처럼 느껴졌다. 둘의 결혼이 우리 마을이 아직 행복하다는 증거처럼 느껴졌다. 미셸의 오빠는 와인을 마셔 얼굴이 벌겋게 달아올라 있었다. 결혼식이 끝나고 나는 신부에게 달려가 그를 안아주었다. 그가 턱시도 안에 로만칼라를 하고 있길래 그의 옷매무새를 정돈해주며 그것을 빼주었다. 그가 고맙다고 말했다. 그는 그것을 받아 자기 주머니에 찔러넣었다. 그들이 리무진을 타고 떠나자 사람들이 박수로 그들을 축복해주었다. 선명한 구름과 맑은 하늘 때문에 그보다 더 아름다운 일들이 일어날 것 같았는데 그러지는 않았다.

중국 싫어하는 아이

아이의 머리를 땋아주었다. 짧은 끈으로 묶으려는데 자꾸 머리카락이 삐져나왔다. 아프면 말해 참지 말고. 중국이 싫어요, 중국을 생각하면 기분이, 아주아주 나빠요. 아프면 말해. 아프지 않으면, 말하지 말고. 나는 그녀의 머리를 두 손에 모으며 짧은 몇 가닥도 빠져나가지 않게 하려고 애를 썼지만 그때마다 머리카락은 내 손을 빠져나와 아래로 흘러내렸다. 중국이 왜 싫니. 싫어하면 되니. 싫어요. 생각하면 할수록 화가 나요. 그래. 그렇구나. 제발. 한 가닥의 머리카락도 당신의 손바닥에서 벗어나지 않게 하옵시고. 머리를 묶은 아이가 뒤도 돌아보지 않고 달려간다. 아프면 말해 아프지 않으면!

항의

실로 가죽을 이어 만든 공은 행성과 왜 닮았습니까. 어디로 튈지 모르는 것이 우리의 머리 위에서는 어째서 제자리를 지키고 있는 것입니까.

당신은 왜 나를 떠나지 않습니까.

불 꺼진 거실, 의자에 앉아 있는 나에게 왜 관심을 보입니까. 시계가 자정을 알리고 당신의 생의 몇 분의 일이 지나갔습니다. 나는 세상에서 가장 재미있는 것은 야구, 라고 생각하고 있을 뿐입니다.

그를 이렇게까지 고민하게 만든 타자는 없었다고,
티브이 속 해설자는 말합니다.

한 바퀴 무사히 돌아온 사람의 머리에
샴페인을 부어주는 것
그것이 전부입니까.

내가 한심하다고 생각합니까. 월드시리즈 챔피언십 경기장을 찾은 수십만의 군중이 모두 틀렸다고, 말할 수 있습니까. 아니 불 꺼진 거실에 앉아 있는 나, 정도는, 틀렸다고 말할 수 있다, 이겁니까.

불 꺼진 거실에 앉아 티브이마저 꺼버린 나는 플라스틱 용기입니까, 사과입니까, 전파입니까, 당신의 날개, 아래 붙어 있는 수백만의 박테리아입니까, 나와 당신 사이에 서서 내가 던진 말을 저 멀리 날려버리려는 또 다른 누구, 무엇입니까. 겹눈이여, 반짝이는 겹눈이여. 악취를 느낀다면 사인을 보내주세요. 공중에 기호를 그려 이 생각을 멈추게 해주세요.

내가 눈을 감으면
희망의 알을 낳을 건가요,
한 바퀴 무사히 돌아온 사람의 머리에.

질문

지금부터 가는 곳은 어딘지. 노을이 지는 쪽인지, 그 반대쪽인지. 어떤 빛도 들어오지 않는 주택가인지, 가로등 밑인지, 하수구인지, 쥐와 고양이가 사는 곳인지, 사슴과 멧돼지가 있는 곳인지, 군인들이 중무장한 곳인지, 바리스타가 커피를 내려주는 곳인지, 뙤약볕 아래 농부들의 땅인지, 외국인지, 한국인지, 나라에서 버린 땅인지.

가는 방법은 무엇인지. 기차를 타는지, 만약 기차를 타는 것이라면 어릴 적 부산으로 가기 위해 6시간 동안 기차를 탔는데 그때와 비슷한 기분인지. 여름에는 무척 시원했고 곧 너무 추워졌으며 잠이 들었고 아버지가 나를 안아 들었고 그래서 언제 내렸는지 알지 못했던 것처럼 기차를 타고.

모두 함께 가는 것인지. 혼자 가는지. 혼자 가는 거라면 비가 오는 날인지, 꽃이 핀 곳인지. 혼자라서 외로운 곳인지 혼자라서 충만한 곳인지. 점점 밝아지는 것인지, 점점 어두워지는 것인지. 끝없는 바닥으로 떨어트리는지. 손은 잡아주는지.

긴 꿈은 짧은 꿈보다 먼 곳으로 가는 것인지. 깊어지는 것인지 넓어지는 것인지.

꿈속에서 미운 사람을 주먹으로 쳤고 그 순간 손을 뻗

어 옆에서 자고 있던 엄마의 머리를 내리쳤는데, 꿈이 다시 꿈으로 이어질 때, 두 꿈은 꼼꼼하게 접합되어 있는지. 한 발자국마다 다른 꿈을 밟고 있는 것인지. 다시 돌아올 수 있는지. 방향은 있는지. 해가 지면 다시 떠오르는지. 길을 잃을 수 있는지. 가려고 한 곳이 있는지.

먼저 와본 사람이 있는지. 누구도 가본 적 없는지.

자기 전에 생각한다. 얼마나 시간이 흘렀을까. 누구의 얼굴일까. 쥐고 있는 이불자락이 손이 된다면 더 꽉 쥐어야 할까, 놓아야 할까.

2부

재현할 방법 없음

아픈 게 아니라면 개구리는 운다

영수의 책상 밑에는 청개구리가 산다. 재수생인 영수는 발밑에 어항을 만들어놓고 청개구리를 지극정성으로 보살핀다. 오랜만에 영수는 대학에 간 친구들과 술을 마신 뒤 늦게 귀가한다. 책상 밑에 청개구리가 없다. 영수는 가족을 의심한다. 영수는 청개구리가 되기로 한다.

영수는 동네 뒷산을 헤맨다. 할아버지, 할머니 들이 운동하거나 나물을 캐고 있다. 영수는 개울을 발견한다. 아마도 그곳에서 청개구리를 잡았던 것 같다. 영수는 쭈그려 앉아 개천을 뛰어다닌다.

누군가 영수를 부른다. 영수가 놀라 뒤를 돌아보니 영희가 있다. 영수는 무슨 일이냐고 묻는다. 영희는 영수에게 뭐하냐고 묻는다. 영수는 영희가 자신을 데려다가 키워주는 상상을 한다. 그러면 좋을 것 같아서 우는 척을 하지만 눈물은 나오지 않는다. 영희는 영수를 힐끔 보고 산에서 내려간다.

영희에게는 두 명의 남자 친구가 있다. 한 명은 영곤, 다른 한 명은 영철이다. 영곤이는 여자 친구가 있고 영철이는 여자 친구가 없다. 그 밖에도 두 사람이 다른 점이 많다. 영희는 영철이와의 관계를 끝내려고 한다. 영철이와 즐겁게 지내고 나서 영희는 마음을 굳힌다. 영철이가 이별을 통보한다. 영희는 갈 곳이 없다. 영희가 영곤이를 부른다. 영곤이는 영희가 다시 자기를 찾아준 것이 기쁘다. 둘은 카페에 앉아 있다. 영희는 웃고 있다. 영곤이는 불편하다. 영곤이는 영희를 놓지 못한다. 영희는 영곤이와 헤어지고 골목길을 걷는다. 골목길의 끝에 청개구리가 앉아 있다.

영곤이는 자신이 주인공이 아닐지도 모른다는 생각이 든다. 청개구리라는 영화에서도 청개구리를 잃어버린 주인이 주인공이듯 영희가 외로운 한 자신은 영희를 괴롭게 하는 바람둥이일 뿐이라고 생각한다.

영화 상영이 끝나고 영희가 일어나 관객에게 인사한다. 관객이라곤 영화과 교수 영호와 같은 과 친구인 영철, 영수, 영곤. 그 밖에 열 명 정도 있다. 우리는 모두 주인공이 아닐 수도 있다, 이 자리에 없는 사람이 누굴까 고민해보는 시간이었다고 영호가 말한다. 학생 중 하나가 영화 제목이 청개구리인데, 그래도 청개구리가 되기로 한 영수가 주인공이 아니냐고 말한다. 영수가 청개구리 울음소리를 낸다. 모두가 웃는다. 영희가 일어나서 말한다. 이거 웃자고 만든 거 아니니까 웃지 말라고 여기 나온 사람들 한 명이라도 쉬운 사람 있었느냐고 따진다. 영희는 화를 내는데 화가 잘 나지 않는다.

소원

불면은 깜박 존다. 졸았다는 사실에 놀라서 다시 깨고 눈을 감고 다시 깜박. 새벽은 파랗다. 불면은 한 번도 불면인 적 없다. 창밖으로 마을버스가 지나간다. 불면은 커피를 마시고, 불면은 따듯한 물로 목욕한다. 전자레인지에 우유가 돌아가는 모습을 지켜본다. 불면이 속삭인다. 어느 날은 한 단어, 한 단어가 사랑스럽고 너무 많은 비밀을 말한다. 말을 만들어가면 될 것 같다. 된다니. 무엇이 된다는 말일까. 불면은 학교에 가고 시험을 친다. 전봇대에 참새가 여러 마리 앉아 있고 그것을 세야 한다. 한 마리를 세면 두 마리가 날아가고, 그런데 네가 아직 자고 싶을 때 내가 허락할 때까지만 잘 수 있어. 그 사람은 무섭다. 아니, 또 네가 자는 동안 네 잠의 곁에서 오직 내가 있을게. 그는 수다쟁이다. 나는 잔다. 나와 잠 사이에 뭐가 더 있을 것 같다. 사람처럼 말하고 이불처럼 구겨져 있다가 따뜻하게 나를 덮어주고 소스라치게 놀랄 정도로 차가운 것이 있다. 그게 뭘까. 그게 뭐든. 제발, 불면이게 해주세요. 깜빡 잠이 들면 영생을 주지 마세요.

전통적인 우정

빌이 파양한 딸을 만나고 왔다고 들었을 때만 해도 우리는 빌을 위로해줄 생각이었다. 빌은 괜찮아 보였다. 그는 평소보다 말이 없는 대신 맥주를 연거푸 들이켰다. 우리는 전통에 따라 위로를 원하는 사람에게 숫자를 하나씩 더해가며 맥주를 사주었다. 빌이 한 번에 다섯 잔을 주문해 거의 다 비워냈을 때 우리는 또 한 가지 전통을 떠올렸다. 우리 중 누군가 정신을 잃는다면 16번가 주택지 중 하나에 버려두고 떠난다는 것이었다. 나는 두 번, 빌은 한 번, 잭은 세 번 넘게 버려졌다. 우리는 빌을 적재함에 실었다. 잭이 운전대를 잡았다. 잭은 차를 천천히 몰기 시작했다. "그런데 말이야." 잭이 말했다. "빌이 그녀를 만나고 왔다니 믿을 수 없는걸." 내가 동의했다. 잭이 계속 말했다. "솔직히 말하면 나는 그녀를 좋아했어. 내가 말했나? 졸업파티 때 그녀가 나에게 춤추자고 먼저 얘기했던 거?" 나는 잭이 무슨 말을 하는지 알 수 없었다. 하지만 나는 너무 취했고 그저 그의 말에 동의하는 수밖에 없었다. 내가 말했다. "정말 오래전 일이야. 걔는 잘 지낼 거야." 잭이 말했다. "잘 지내겠지. 아마도 결혼했을 거야. 나는 그녀가 여전히 보조개를 가졌는지 궁금해. 솔직히 말하면, 빌이 없으니까 하는 말인데, 나 그녀랑 잤어." 나는 도저히 참을 수 없었다. "아까부터 무슨 소리야? 지금 빌의 딸에 대해서 이야기하는 거 맞아?" 잭은 나를 쳐다보았다. 그의 눈은 흐리멍덩했다. "아니, 앨리. 빌이 말했잖아. 어제 앨리를 봤다고." "그랬나?" 나는 잭이 나를 쳐다보는 게 마음에 걸렸다. 잭은 다시 앞을 보기 시작했다. 잭이 말했다. "나는 게네들이 잘 어울린다고 생각했어. 도대체 무슨 생각이었을까?" 내가 말했다. "내가 알기로는, 앨리가 먼저 그만두자고 했다던데?" 잭이 말했다. "나는 잠깐 고민했어. 그녀가 우리 집에 오는 거. 그런데 너도 알다시피 나한테는 와이프가 없잖아?" 드디어 차는 16번가의 초입에 도착했다. 도로는 한산했고 몇몇 집의 잔디밭에는 스프링클러가 돌아가고 있었다. 내가 말했다. "어느 집으로 할지 선택했어?" 잭이 대답하는 데 시간이 걸렸다. 이제 차는 너무 느리게 굴러가서 새벽에 스케이트보드를 타러 나온 아이들에게 추월당했다. "내가 알기로는 좋은 집이었어. 따뜻했고. 벽난로에 재가 좀 오랫동안 방치된 것 같더라. 그게 신경 쓰이긴 했어." 이제 나는 잭의 말을 전혀 이해할 수 없었다. 그래서 나도 내가 하고 싶은 얘기를 했다. "앨리가 나에게 편지했었어. 놀러 오라고. 집에 방이 하나 빈다는 거야. 갈 수 있었는데 안 갔지." 어느 주택의 울타리에 차가 한 대박혀 있었고, 그 차의 보닛에서 하얀 연기가 솟아오르고 있었다. 그것마저 일상적인 풍경 같았다. 잭이 말했다. "그래? 나도 빌에게는 미안하지만. 그 일이 있고 몇 번 그녀를 찾아갔어. 그녀가 잘 지내는지 궁금했거든. 몰래 선물을 좀 줬는데 확실하게 거절하더라." 내가 말했다. "그러지 말지 그랬어." 잭이 대답하지 않았다. 경찰차인지, 응급차인지 길 끝에서 경광등 불빛이 보이는 듯했다. 잭이 말했다. "빌이 잘못한 건 없어." 나는 고개를 끄덕였다. 잭이 다시 말했다. "다 내 탓이야." 나는 잭을 쳐다봤다. 내려서 그를 한 대 때려주어야 하나 고민했다. 하지만 우리는 모두 지쳤다. 대신 나는 말했다. "그녀들은 힘들었겠지. 나도 가끔 그녀들을 돌봐줘야 한다는 의무감은 들었어. 하지만 내게 그럴 권리는 없잖아?" 빌이 나를 쳐다봤다. 그는 내가 무슨 얘기를 하는지 전혀 이해할 수 없다는 얼굴이었다. 나는 잭이 앞을 보지 않고 운전하는 게 마음에 걸렸고 아무 곳이나 손을 뻗어 차를 세우면 된다고 말했다. 잭이 차를 세웠다. 그 집은 앞마당이 무척 넓었다. 집 안의 불은 꺼져 있었다. 잔디는 최근 들어 손질하지 않았는지, 푹신해 보였다. 잭이 내릴 생각을 하지 않기에 나는 차에서 내렸다. 새벽 공기가 쌀쌀했다. 주택가 곳곳에 안개 같은 것이, 희

뿌연 연기가 가득했다. 트럭의 뒤쪽으로 가서 적재함의 덮개를 벗겼다. 그곳에 빌이 없었다. 나는 차의 밑바닥과 지나간 도로를 살폈지만 빌은 없었다. 운전석으로 돌아가 보니 잭도 없었다. 나는 트럭의 키를 뽑았다. 넓은 마당을 지나 집으로 걸어갔다.

아프리카 사람들은 착해

어느 영화에서는 누군가를
죽이는 대신
필리핀에 보낸다
배우는 필리핀으로 가는 비행기표를 손에 들고 벌벌 떤다
갑자기 죽는 것보다 끔찍한 것은
한 세 시간 정도 있다가 죽는 것
멕시코에는 시장을 죽인 도시가 있다
조직은 도시를 장악하고
시민들도 조직을 돕는다
어린아이들의 꿈은 보스가 되는 것
내가 어렸을 때 이런 노래를 불렀다
아프리카 사람들은
착해. 착해. 착해.
그걸 부르며
둥글게 둥글게
춤을 췄었나
춤을 추지는 않았다
사람들이 춤을 추면서
웃었나
지금도 그 노래를 부르면

당신이 내 팔을 가볍게 꼬집으며 이렇게 말한다.

나쁜 말 하지 말기

나쁜 말 하는 사람은 혼난다
당신이 나를 필리핀으로 보낸다
나를 사랑하고
차마
죽이지는 못하겠고
한 이틀 편하게 쉬다 오길 바라는 마음으로
마음이길
제발
비행기표를 들고 손을 덜덜 떤다
승무원이 괜찮냐고 물어보면
괜찮다고 말해야지
그런데
아무도 물어보지 않는다

새와

친구가 '새와 미술관'에 갔다고 했다. 나도 가고 싶었다. 그곳에 가고 싶었던 이유를 당신은 잘 모를 것 같다. 미술관은 새를 자기 안에, 꽃을, 영화를, 그림을 전시실에 둔다. 나무와 미술관보다, 새와 미술관에 가고 싶고, 사탕과 미술관보다, 지하철과 미술관보다, 맥주와 미술관보다, 눈과 미술관, 눈과 미술관은 보고 싶을지도 모르지만, 밥과 미술관보다, 티베트와 미술관보다, 양말과 미술관보다, 마룻바닥과 미술관보다, 치즈와 미술관보다, 새와 미술관에 가고 싶었다고 말하면 당신은 고개를 끄덕여줄 것 같다. 친구도 옆에서 고개를 끄덕이고 있다. 사실은 세화 미술관이었지만, 새와 미술관이어도 괜찮다고 이해해주는 친구들과 당신은, 영원히 알지 못할 거야. 이제 잠이 오고 자고 일어나면 다시 그곳으로 갈 수 있는 튼튼한 다리가 있으니까 괜찮다. 세화 미술관으로 가는 길엔 새가 지저귄다. 광화문에는 광화문 광장을 반대하는 사람들과 찬성하는 사람들이 걷고 있다. 그들의 집, 오피스텔, 아파트를 지나면서 내가 떠올린 나무, 치즈, 맥주를, 모르겠지. 그럼! 알지 못하겠지. 당연하지. 우리는 그렇게 하기로 했으니까.

혼령

"귀신이 보여." 어학원 친구 빌리는 말했다. 나는 별로 놀라지 않았다. "그래? 지금은 뭐가 보이는데?" "한 여자가 있네. 그녀는 짧은 머리에 파마했어. 분홍색 스웨터를 입고 있고." 나는 허풍쟁이 빌리를 골려주기 위해서 이렇게 말했다, "그녀는 내 엄마야. 정확히는 엄마였지. 작년에 돌아가셨거든." 빌리는 소리쳤다. "맙소사!" 그의 눈동자가 흔들렸다. 그는 내 오른쪽 어깨 위를 응시하며 천천히 고개를 끄덕였다. "그녀의 표정이 심상치 않아. 혹시 너희 아버지 재혼하셨니?" 나는 그렇다고 대답했다. 어떤 상처는 꼭 필요한 게 아니겠냐, 예를 들면 이혼이 그렇지, 라는 말을 하려다가 말았다. 다만 아버지의 잘못이 아니라고만 대답했다. 빌리는 인상을 찌푸렸다. "혼령이 말하기를, 그러니까 너희 어머니께서 말씀하시기를 화장대 두 번째 서랍을 열어보라고 하시네. 거기에 지금 너희 어머니를 이렇게 만든 게 있다고." "오 빌리, 그만. 어머니는 살아계셔." 빌리는 아랫입술을 내밀면서 어깨를 으쓱했다. "나는 그저 혼령의 이야기를 전할 뿐이야. 너는 그게 네 엄마라고 했고 혼령은 네 엄마의 화장대를 지목했어." 나는 화가 났다. "넌 외계인을 본 적이 있다고도 했지? 또 언젠가는 과자로 만든 집에 가봤다고 했고." "장난을 친 건 사과할게. 네 어머니가 무시무시한 표정을 짓고 있어. 혼령을 욕보이는 짓은 하지 마." 나는 정말 화가 났고 그의 거짓말을 그치게 하는 방법이 있으면 오래되고 거친 치료법이라도 좋으니 뭐든지 지금, 당장 시행했으면 좋겠다고 생각했다. 나는 그만하라고 소리쳤다. 빌리는 알겠다고 말했다. 나는 어쩔 수 없었다. 엄마의 화장대 두 번째 서랍을 열지 않을 수 없었다. 엄마를 의심하거나 아빠를 의심한 적은 없다. 거기에 있었던 건 가족사진, 립스틱, 구겨진 화장지, 실핀, 머리띠, 반짝이는 금반지. 빌리. 개자식.

물고기가 되는 길

실내 낚시터로 들어가는 입구가 두 개다. 아이들이 좁고 험한 두 번째 길을 싫어한다. 내가 말한다. 저곳으로 들어가면 수영복을 입은 조교가 있다. 너희처럼 튼튼한 아이들을 데려가 체조도 시키고 수영하는 법도 가르쳐준다. 너희들은 다 낚시터의 귀중한 재산이다. 아프지 않게 따뜻한 물에서 놀게 해준다. 옷이 젖는 게 걱정이면 벗으면 된다. 시원하게 벗고 자유롭게 헤엄치면 된다. 부끄러워할 것도 없다. 떡밥도 먹을 수 있다. 낚시꾼을 놀릴 수도 있다. 싫어요. 추워요. 옷 젖어요. 더러워요. 아이들이 아우성친다. 알았어. 나도 너희들을 저쪽으로 보낼 생각은 없었어. 대신 재미있는 놀이 알려줄게. 지금부터 안 된다고 말하면 안되는 거야. 안 된다고 말하는 사람은 가방을 전부 들어야하고 안 된다고 말하는 사람은 물고기가 되는 거고 안 된다고 말하는 사람은 '나는 천재다'라고 외쳐야 해. 신호가바뀌고 아이들이 건널목을 건넌다. 선생이 손을 흔든다. 그래. 잘 가. 다음 주에 보자.

오 분

미치겠다. 모든 게 엉망이 됐다. 내 생각에 그 일은 어느 젊은 부부에 의해 일어났다. 아마도 잠깐 아이들이 버튼을 가지고 놀았고 다시 직원들에 의해 제지되었던 모양이다. 오 분 동안 주유소에서는 기름 대신 콜라가 나왔다. 신문에는 낙서가 가득했다. 사람들은 주먹으로 서로를 치는 대신 꼬집고 할퀴었다. 낙타의 혹이 하나 더 늘어났고 얼룩말과 기린의 무늬가 섞인 동물이 골목을 걸어 다녔다. 콜라를 넣은 자동차는 잠깐 하늘을 날았다. 마침 손을 잡고 있던 사람들 사이에서 아기들이 태어났다. 한쪽 손에 크레용을 쥐고 태어난 아기들은 큰소리로 노래를 불렀다. 그들이 이불 안으로 들어가면 장롱이나 냉장고에서 갑자기 튀어나왔다. 오 분 뒤에 모든 것이 돌아왔다. 옥상에서 떨어진 사람은 바닥에서 다시 튀어 오르지 않았다. 누군가 쏜 총에서는 비눗방울 대신 총알이 발사되었다. 초콜릿은 한 번 부러지면 붙지 않았고 땅에 떨어진 사탕에는 모래와 먼지가 묻었다. 동물원에서는 악취가 났다. 식탁 위에서 물고기가 사람들에게 말을 거는 일도 없었다. 남녀가 함께 잠을 자도 아기가 드물게 만들어졌다. 아기들은 자주 울었고 부모의 손에 무력하게 자신을 맡겼다. 다시는 이런 일이 벌어지지 않도록 조심하겠다는 방송이 나오고 어느 젊은 부부의 아기가 어떻게 그 버튼을 가지고 놀았는지 분석하는 기사가 연일 나왔다. 오 분 만에 엉망이 되었던 도시는 몇 달에 걸쳐 복구되었다. 책임을 지고 사퇴한 직원이 야당의 대변인이 되었다. 그는 집권당의 부패를 고발했다. 그가 쓴 책은 베스트셀러가 되었다. 그는 오 분이 누군가의 의도로 만들어졌다고 주장했다. 누군가는 권력을 잡고 있고 다시 그 오 분이 돌아오기를 호시탐탐 노리고 있다고 했다. 나는 그가 지지하는 야당의 대권주자에게 표를 던졌다. 그가 주장한 복지 정책에 내가 딱 들어맞았다. 그가 오 분 동안 정장 대신 기저귀를 차고 누군가의 품에서 응석을 부리고 있는 사진이 공개되었을 때도 내 생각은 변하지 않았다. 그가 대통령이 되면 다시 오 분이 일어날 가능성이 있다고 그를 비판하는 사설을 읽었다. 나도 그렇게 생각했다.

구름을 나는

　아이 손을 양쪽에서 잡고 들어 올렸다가도 내려놓을 곳이 없다. 두 손을 놓치면 아이는 구름 아래로 빠지고 만다. 이 아이 날개가 없어요. 괜찮아. 곧 돋아날 거야. 부부는 힘닿는 데까지 두 손을 놓지 않을 작정. 해가 지고 사방이 붉게 물들고 달이 빛날 준비를 할 때면 구름 위에도 된장찌개 냄새가 가득하고. 도마 위에서 조각나는 오이, 당근, 무. 손바닥만 한 별. 두 다리를 굽히고 쉬는 왜가리. 천국의 풍경이야, 천국이란다, 구름 위를 걷는 기분이란, 다시 올 수 없는 것을 놓치고 알게 되는 거. 누군가 지상에서 담배 연기를 피워 올린다. 아이의 엉덩이를 토닥이며 부부는 다시 내려놓을 자리 없음을 이야기하고. 낙하산을 아이 등에 달아줄까요, 비행기에 실어 보낼까요. 아이의 몸무게가 늘었어. 종아리가 단단해지고 얼굴에는 홍조가 피었어. 괜찮아요. 아프지 않은 사람은 없잖아요. 아이가 잠에서 깨어 깔깔깔 웃기 시작한다. 둘 사이 어디 아이 있을 곳이 없다는 것이 그들의 사정. 요람에서 기어 나온 아이가 첫발을 내디딘다. 괜찮아. 괜찮아. 구름 위를 걷는 기분이란, 다시 올 수 없는 것을 놓치고 알게 되는 거.

이불 장수

명동 성당에 갔다.

잔디밭에 앉아도 보고 나무 의자에 기대 잠도 자봤다.

"원죄 없이 임신하신 동정녀에게 이 바위와 동굴을 바칩니다."라는 기도문을 소리 높여 읽어보기도 했다.

어느 사내가 마리아상 아래 무릎을 꿇고 기도하고 있었다.

나는 그의 뒤에 앉아 이렇게 말했다.

"또 여자에게 매달리는 거야?"

그는 놀라는 듯했지만, 머릿속에서 들리는 목소리를 쫓아내려는 듯이

고개를 세게 흔들고 다시 기도하려고 눈을 감았다.

"네 소원은 아무도 들어주지 않을걸. 소원이란 것도 추잡한 거지만.

조각가가 재주를 부려놓은 것뿐이지. 살결과 옷감이 전혀 다른 것처럼 보이려고 애썼네. 저길 봐.

그녀가 다른 남자에게도 똑같이 웃고 있어."

그는 뒤돌아 나를 노려보고는 자리를 떠났다.

나는 나무 문을 열고 본당에 들어갔다.

묵주를 손에 두르고 있는 노인 곁에 가서 앉았다.

노인은 나를 따뜻한 눈길로 바라봤다.

나는 "저기 기둥마다 매달린 티브이들 좀 보세요. 스테인드글라스도 참 예쁘죠?" 말하며 손을 들어 성당 이곳저곳을 가리켰다.

노인은 황홀한 듯이 그것들을 쳐다봤다.

"그것 보세요. 내가 보이는 게 중요하다고 했죠?

평생 추한 걸 보고 만지면서도 행복하다고 말했잖아요, 당신.

늙고 병든 사람의 몸을 씻겨주면서, 눈앞의 똥과 오줌 따위는 참을 수 있다고 말이에요.

이제 당신은 늙어버렸고 아무도 당신을 씻겨주고 싶어 하지 않네요.

내가 뭐랬어요. 돈이라도 벌어뒀으면 깨끗한 병실에서 수발 받으면서 여생을 보낼 수 있었을 텐데."

노인은 황급히 일어나 입구를 향해 뛰어갔다. 절뚝거리는 자신의 발에 걸려 거의 넘어질 뻔했다.

성당 바깥에는 기념비가 서 있었다. 거기에는 무보수로 성당을 쌓아 올린 천 명의 조선인에 대한 이야기가 새겨 있었다.

"기껏 공짜로 일했는데 이름은 성당 아래 묻은 거야?"

나는 화가 났고 멈출 수 없었다.

"높으신 분들 하시는 일이니 제대로 물어보지도 못하고 밭떼기로 돌아갔겠지. 하면 좋은 거라는 말에 뭐가 좋은 건지도 모르고 말이야.

당신들이 교육도 받지 못하고 노예처럼 부림만 당했다고 들었어.

해방되고도 쫓아내지 말아달라고 주인한테 애원했다는 얘기밖에 못 들어봤지.

이름 하나 보이는 곳에 새겨놓지 않은 당신들 잘못이야."

아무도 대답하지 않았다.

검은 옷을 입은 사람들이 나를 노려봤고 내 곁에 다가오지 않았다.

천 명이 넘는 사람들이 나를 지나간 것 같았다.

돌아가는 길, 오후 다섯시에는

이불 장수가

형형색색의 이불을 보도 위에 펼쳐놓고

트럭 안에서 고요히

잠을 자고 있었다.

이불을 사기 위해 사람들이 창문을 두들겨도
이불 장수는 일어나지 않았다.
그럴수록 사람들은
그의 단잠을 사고 싶어 미치겠다는 듯이
이불을 들춰보고 쓸어보고 뺨에 대어봤다.
그곳은 성당이 아니었으므로
그들에게 할 말이 없었다.

아기 취급

나는 그렉이 그의 파트너들에게 아기 취급을 받는다는 사실을 알고 있었다. 그가 가끔 기저귀를 차고 우유병을 문 채로 금발의 상대에게 안겨 있는 사진을 보냈다. 그렉은 캘리포니아 해변에서 주먹만 한 다이아몬드를 주운 이후로 자기 욕망에 충실하게 살아가기로 맹세했다. 그전에 그는 아이비리그에 진학하기를 원하는 유아들을 위해 일했다. 직업적인 만족도는 지나치게 떨어졌다. 그는 몇 가지 신체적 문제를 앓게 되었다. 오늘 우리는 그의 별장 뒷마당에서 만나 맥주를 마신다. 그의 마당은 끝이 없고 사적인 해변으로 연결되어 있다. 그의 수영장에는 노란 오리가 떠다닌다. "그렉." 내가 말한다. "요즘 아기 생활은 어때?" 그는 표정이 좋지 않다. "점점 힘들어져." "네가 잘하는 줄 알았어." "때때로 좋지. 진짜로 울거나 떼를 쓸 수는 없어. 그들은 적당한 아기를 원하거든." "넌 너무 커. 가슴에 털이 많잖아. 우리 동양인들이야말로 아기에 가깝지." "왓슨은 내가 기저귀에 똥을 싼다고 해도 갈아줄 사람이야. 그런데 떠났어. 왜냐고? 내가 그 사람에게 매일 한 시간씩 대화를 나누자고 했거든." "그게 무슨 말이야. 넌 다이아몬드를 줍기 전에도 대화는 실컷 했잖아." "난 다이아몬드를 쥔 채로 대화해보고 싶었거든." "그거 멋지네." 우리는 웃는다. 점점 웃음소리가 작아진다. 해는 바다 끝에 걸려 더 내려가지 않을 것처럼 멈춰 있다. "그렉." 내가 말한다. "혹시 아기 취급에 대해 잘 아는 사람 있으면 소개해줄래?" 그가 나를 쳐다본다. 나는 여전히 바다를 쳐다보고 있다. 그리고 그는 다시 바다를 바라보기 위해 고쳐 앉는다. 그가 말한다. "그래. 내 생각에는 할 만한 일이야. 그런데 그거 알지? 난 백만 달러가 통장에 있는 아기야. 넌." "난?" "넌 매일 출근해야 하는 아기이고." "출근해야 하는 민둥산 아기지." "그래. 진짜 좋은 사람을 만나야 해." "난 진짜 좋은 아기가 될 수 있어. 오래전부터. 꿈꿨던 일이야. 다이아몬드를 주울 때까지 이걸 미룰 수는 없어." "챈. 나는 이해하기 어려워." "그게 무슨 말이야. 넌 잘도 기저귀에 오줌을 쌌잖아. 내가 부러워할 걸 알고 사진으로 보냈고." "그런 게 아니라. 왜 지금 그걸 하려고 하는지 말이야. 나는 그 일이 있기 전에는 매일 아침 양복을 입고 출근했어. 내 사무실에는 유치원생들이 부모 손을 잡고 나를 보기 위해 기다렸고. 나는 그들에게 커피를 마실 건지 딸기우유를 마실 건지 물어보곤 했어. 어린 부모들이 자기보다 어린 자식을 엘리트로 만들기 위해 무슨 짓을 하는지 끝까지 봐야 했지. 그들은 아이가 법원 화장실 청소를 하게 시켰어. 형사재판이 있는 날엔 범죄자들이 그 변기에 똥을 쌌지. 법원 도장이 찍힌 봉사 확인서를 나한테 내밀면 내가 그걸 그 아이의 이력서에 적어넣어야 했어." "워우. 알아. 넌 고생했어. 보상받았잖아. 이제 베풀어야 할 때가 아닐까?" "난 그날도 여기 해변을 걸었어. 거기 뭐가 있을지는 당연히 몰랐지. 난 병들었고 일을 그만두면 뭘 해야 할지 알 수 없었지. 난 죽어가고 있었어. 웬 노부부가 내 앞에서 걸어가고 있었지. 그들은 행복해 보였어. 여자는 남자의 어깨에 기댔고 남자는 자기 지팡이에 기댄 채 바닷가를 맨발로 걸어가고 있었어. 난 그들이 나를 버리고 간 엄마와 아빠 같았어. 그러지 말란 법도 없었지만, 어쨌든 좀 힘들었고. 그들을 뒤따라간 거야. 바닷물은 아직 차가웠지. 그들이 해변의 어디까지 걸어갈까 궁금했어. 점점 남자의 발걸음이 힘들어 보였거든. 여자도 거의 남편에 끌려가는 것 같았지. 그날따라 사람은 아무도 없었어. 우리는 모두 곧 죽을 사람처럼 보였어. 그렇지만 그들은 모든 것을 누렸고 나는 아무것도 없었지. 곧 남자가 쓰러졌고, 그 위에 여자가 쓰러졌어." "설마. 너?" "나는 그들에게 달려갔지. 별생각이 다 들었지만 말이야. 나는 그들을 흔들고 바닷물을 손에 조금 적셔 그들의 얼굴에 뿌렸어. 챈. 난 정말이지 모든 해야 할 일을 다 했어. 난 그 여자의 핸드백에서 반짝이는 걸 봤어. 너무 크고 반짝였지. 그런데 생각해봐. 왜 그 여자는 그걸 가지고 있었을까. 그걸 이렇게 아무도 없는 바닷가에 들고나온 걸까. 버리려고 한 건 아니었을까. 아픈 몸을 이끌고 찬 바람을 맞으면서 뭘 하려고 한 걸까." "그게 궁금한 거야?" "아니. 난 이 이야기를 듣고 떠나는 이들이 궁금해. 파트너들은 왜 내가 젖병을 물고 있을 때만 사랑해준 걸까, 내가 어렵게 꺼낸 이야기를 듣고 그들은 모두 달아났어. 어떤 이는 내 사진을 인터넷에 올리겠다고 하더라. 난 그 사람에게 십만 달러를 주기로 했어. 하지만 더 요구할 거야. 챈. 정말 좋은 사람을 만나야 해. 아기가 되는 건 쉽지 않아." 그렉은 무릎에 고개를 파묻고 울부짖었다. "그렉. 울지마. 넌 다음 이야기를 마저 해야 해."

오버 더 레인보우

비가 와요 비옷은 입지 않아요 우산을 땅에 꽂아요 번개가 꽂힐 때까지 기다려요 달팽이가 될 때까지 기다려요 누워요 한 가지 생각을 해요 춥지 않아요 아프지 않아요 앞이 보이지 않아요 바람이 불어요 아래에서 위로 빗방울이 튀어 올라요 장화를 벗어요 웃옷을 끌러요 머리를 땅에 박아요 흙탕물에 혀를 가져다 대요 마셔요 뒤척이지 않아요 물 위로 떠오르지 않아요 한 가지 생각을 해요 배가 부르지 않아요 숨이 막히지 않아요 눈을 떠요 귀를 기울여요 나무들이 쥐고 있던 잎을 떨어뜨려요 큰 잎이 얼굴에 붙어요 떼지 않아요 간지럽지 않아요 우산을 찾지 않아요 장화를 찾지 않아요 비옷은 없고요 아무도 없네요 천둥이 치고 있어요 번개가 번쩍였나요 나는 흘러가나요 흘러가나요 내가

이 옷을 입으면 비를 맞을 수 있어요 전신에 부착된 햅틱 포인트에서 하늘에서 비가 떨어져 피부에 닿을 때의 감각을 재현하고요 가을비 봄비 겨울비 여름비 춥고 덥고 아프고 시원한 비를 선택할 수 있어요 우리는 비를 연구했지요 한 가지 생각을 하도록 노력했습니다 춥지 않다 아프지

않다 힘들지 않다 비에는 리듬이 있지요 연구원 A는 그것이 복서들의 펀치와 비슷하다, 고 했어요 연구원 B는 아이들의 울음소리에서 높낮이가 변화하는 공통된 순간을 알아냈고 떼쟁이의 울음과 무기력한 아이의 울음에서 비의 리듬을 유추할 방정식을 찾았어요 연구원 C는 기억하고 싶지 않았지만 끝내 자신의 어린 시절 집에서 쫓겨나 맞았던 비가 그의 몸을 전부 지배해버렸다고 고백했어요 연구원 D는 C의 흐느낌을 비의 리듬으로 바꿀 수 있다고 말했어요 연구원 E는 다섯 시간에 걸쳐 비의 리듬을 기록했고 2019년 9월 10일에 있었던 그 비를 재현할 다른 방법이 없다고 해요

왜 나갔다 왔어 나 무서웠어 번개는 치고 바람이 부는데 옆집의 나무가 쓰러져 우리 집을 덮칠지도 모른다고 당신이 그랬잖아 또 왜 그렇게 젖었어 밤마다 어디가 베개를 두고 당신이 나간 자리, 움푹 파인 자리만 보고 있었어 어떻게 그래 어떻게 나한테 그래 나가지 말라고 한 번만 내가 일어났을 때 내 옆에 있어달라고 했잖아 아침 해가 떠오를 때 당신이 있던 자리에 그림자가 생겨 비가 오는 날에는 당신이 있던 곳만 달빛이 스며들어 짜증이라도 내 당

신한테 그 시간이 필요하다고 해 자기도 왜 그러는지 모르
겠다고 병원에 가자 약을 먹고 푹 자고 비가 그치고 나서
일어나면 될 거야 당신 아픈 거야 자기가 왜 그랬는지 모
르는 거야 이해해줄게 필요했을 거야 꼭 그래야 했을 거야
누군가를 만났겠지 흙투성이 신발로 뛰어다녔겠지 춤췄
을 거야 좋았어 미치겠지 부러워 나가서 비 맞는 당신 다
음 날이면 나에게 사랑받고 밤이면 자신이 좋아 미치는 당
신이 미워 사랑해 당장 나를 안아주지 않으면 죽어버릴 거
야 비 맞은 얼굴로 이리와 가까이 와 여기 누워 괜찮아 젖
어도 돼 안아줄게 무서웠어 무서웠니 우리 아가 모른다고
말하면 사랑받을 수 있는데 사랑받을까 봐 무서운 아이 비
가 오면 나가고 싶어 여기 침대와 나를 두고 나가고 싶어

트럭

엄마가 길을 건너면서 자기 아이를 자꾸 친다 아이가 땅을 바라보자 또 한 대 치고 아이가 저 멀리를 바라보자 또 한 대 친다 아이는 머리를 긁적인다 아이가 아무리 노력해도 차는 오지 않는다 어딘가에서 새소리가 들린다 엄마는 말한다 저기 보라고, 저기 분명히 있지 않으냐고 손가락을 들어 그것을 가리킨다 보이지 않는 곳에서부터 달려오는 차에 아이가 치이지 않도록 아이가 허공을 향해 정확하게 손을 뻗을 때까지 그렇게 한다 머리로도 마음으로도 이해할 수 없는 아이가 울고불고 매달린다 미안하다 아무것도 없어서 정말 없어서 그래도 저기서부터 없음의 커다란 트럭이 굉음을 내며 달려오고 있어서 그게 너무 선명해서 눈부셔서 어서 여기서 떠나야 하는데 그런데 나는 조금만 더 있고 싶어서

점 선 면

김환기 미술관에 비가 내린다.
전면
유리 밖의 비는 고요하다.
미술관의 직원이 내게 다가와 말한다,
비가 참 많이 오네요.
직원이 내 옆에 앉는다.
비는 점, 선, 면
을 이해할 수 있는 가장 좋은 그림이다,
라고 어느 화가가 말했답니다.

내가 대답한다,
그런가요? 비는 오래된
기상 현상이죠.
물론
그렇습니다.

직원이 계속 말한다,
김환기 선생님은 파리에서 저런 비를 맞으며
그림을 그렸어요.
어둡고 푸른 배경에 검은 점을 수없이 찍었죠.

그림에 대해서 아시는 분인가요? 내가 대답했다, 좆도
모릅니다.

내가 묻는다,
김환기 씨는
외로웠을 것 같아요.
직원이 대답한다,
아니요.
선생님의 곁에는 여사님이 계셨죠.

제가 생각하기에,
내가 말한다,
점, 선, 면
그건 너무 많이 가진 사람만 그릴 수 있어요.
배짱이 두둑해야 하죠. 일단 물감을 뿌려놓고 기다려요.
거기서 우주를 보는 외계인 같은 사람들이요.
눈이 크고 귀가 작고
팔다리가 야위었죠.
그들은 창밖을 보지 못하고
그림 속에서 별을 보기 위해

평생을 살죠.

성공하고 싶으신가요, 이렇게 비가 내리는데?
네?
우산은 있으시냐고요.
아니요. 그건 아닌데.
제가 뭘 원하는지 모르겠어요.
비가 오고 있다고
거기서 할머니가 떠오른다고
말할 수도 있지만 그러고 싶지는 않아요.
저는 할머니가 그립지 않거든요.
오 이런. 직원이 말한다,

할머님이 돌아가셨나 보군요.
네, 얼마 전에.
김환기 씨도 부인을 먼저 잃으셨나요?
직원이 대답한다,
아니요. 선생님은 부인보다 먼저
세상을 떠나셨어요.

무자비하게
비가
내린다.

직원이 말한다,
6시에 문을 닫아야 해요.
그걸 말씀드리려고 했어요.
내가 말한다, 소묘에서

곡선은 없다고 배웠어요.
직선만으로 원을 그렸죠.
언제 그림이 끝나는 건지 잘 몰랐어요.
그림자를 그릴 때는
새까맣게
될 때까지 채워야 했어요.
한 방향으로 선을 겹겹이 쌓았고
나뭇잎을 그릴 때는
비슷한 색을 덧칠했어요.
어느 날은 수백 개의 이파리를 단
나무가 완성되었고

어느 날은 아무도 나무라는 사실을 알아차리지 못했어요.
원은 깎여나갔고 그림자는 검어졌죠.
저녁이 되어서 집으로 돌아갔어요.
돌아갔지만 어쩐지 끝나지 않은 것 같아요.

그랬군요. 저기 할머님 일은 안됐어요.
좋은 곳으로 가셨길 바랄게요.
그러니 이제. 할머니는

죽은 척하며 누워 있던 사람들과
죽은 사람들이
공평하게 칼에 찔리고
불에 타던 곳에 있었대요.
할머니의
백숙 안에는 내장이 들어 있었어요.
나는
간과 콩팥을 먹었어요.
깍두기 국물을 입술에 묻히면
할머니가 손으로 닦아주었고
난 배가 불렀어요.

기억나는 말은
먹어.
먹으라고.
먹어.
그녀가
이해하지 못했다는
생각이 드는 건 어쩌죠?
나를
점, 선, 면을
그림을
비를
식사가 끝나고도
전쟁이 끝나고도
이어지는
엎질러진 물감처럼
줄줄줄 흐르는 이것들을

직원이 미소를 지으며
내 어깨에 손을 올렸다.
나는 일어나

고개를 숙여
사과했다.

버튼을 누르면
갑자기 펴지는 우산을 쓰고
자갈밭 길을 걸었다.
더욱 쏟아졌다.
미술관을 나와도
그치지 않았다.
내 몸에 닿았다.
잠깐씩 잠깐씩
그것이
무게를 가졌다.

돌아와 마린다

장발에 검은 패딩을 입은 남자가 유리문을 밀면서 들어왔다. 나는 멀뚱거리며 서 있지 말고 거울 앞에 앉으라고 말했다. 그는 추위에 붉어진 얼굴로 망설이고 있었다. 그는 삭발해달라고 했다. 나는 삭발이든 뭐든 하려면 일단 여기 앉아야 할 거고, 거기 서서 깎을 거면 그렇게 해주겠는데 정수리는 빼고 밀어도 되냐고 물어봤다. 그는 얼른 앉았다. 나는 그가 패딩을 벗을 때까지 서 있었다. 그는 안절부절못하더니 패딩의 지퍼를 내렸다. 그는 로만칼라를 하고 있었다. 좀 미안한 마음이 들었다. 그의 목에 커튼을 두르면서 나는 그의 로만칼라에 머리카락이 묻지 않도록 신경 써줬다. 그리고 사발에 면도용 크림을 풀고 난로 위에 올려놓았던 주전자로 물을 부었다. 제일 큰 가위를 골라 그의 머리카락을 잘랐다. 먼저 한 움큼을 자르고 다음에는 마구잡이로 길이를 줄였다. 이발기를 작동시켜 그의 머리 아래서부터 위로 밀어 올렸다. 머리카락이 뭉텅이째 떨어지면 이발기를 털어내고 다시 밀었다. 이번엔 면도날을 가죽에 문질러 날을 세웠다. 그 소리가 그를 떨게 했다. 하지만 멈출 생각은 없었다. 그러다가 문득 그에게 한 가지 물어봤다. "이보슈. 내가 뭘 잘못 알아들었나 한번 확인해보는 건데. 혹시 그 수도원에 사는 양반들처럼, 그러니까 정수리만 밀고 바깥에는 해자처럼, 대머리독수리처럼 해달라는 건 아니지?" 그는 아니라고 했다. 정말로 깨끗하게 밀면 된다고 했다. 말하는 중간중간 그는 입술을 깨물었다. 나는 다시 가죽에 날을 세웠다. 머리가 짧아진 그는 어려 보였다. 나는 솔을 사발에 문대 면도용 크림을 잔뜩 묻힌 다음 그의 머리에 덕지덕지 바르기 시작했다. 그는 울고 있었다. 나는 그게 연애 때문이라고 확신했다. 나는 이레 전 그가 앉았던 자리에서 입을 벌리고 울었다. 면도날로 그의 구레나룻부터 밀었다. 면도날이 그의 살을 타면서 소리를 냈다. 바람이 호밀밭을 스칠 때 나는 소리였다. 그가 심하게 몸을 들썩일 때는 잠깐 멈췄다. 그의 두상은 거의 완벽히 둥글었다. 뾰루지가 나거나 살이 팬 흔적도 없었다. 그는 막 태어난 아이처럼 완벽한 머리를 가졌다. "이봐. 그만 울어. 베이겠어. 젠장. 방금도 당신 머리를 그을 뻔했어." 그는 이제 지친 듯 조용히 눈물을 흘리며 바닥만 바라보고 있었다. 내가 말했다. "한때 교회에 다녔어. 우리 목사는 세 번 이혼한 사람이었고. 그가 결혼에 대해 말할 때는 설득력이 있었지. 진짜 미안한데. 그만 질질 짜지? 그래. 그런데 말이야." 그가 나를 쳐다보았다. "나는 당신들이 강당 같은 곳에서 어릴 때부터 사육당한다고 들었는데. 그게 맞나? 그러니까 감정적인 관계에 대해서 경험해본 적 있나? 어디까지 알 수 있게 되어 있지? 솔직히 말하면 나도 자네들한테 찾아가려고 했어. 뭘 좀 고백하려고. 그게 좋다고 하더군. 몇 명이 그렇게 말했어. 마린다가 떠나고, 곧 잭도 떠났지. 그 둘은 내 가족이었는데. 아니 마침 내일 가려고 했어. 지금 생각해보니 한 번도 겪어본 적 없는 거에 대해서 어떻게 조언해준다는 거지? 사람들이 섹스나 마약에 대해서 말할 때 자네들은 검은 상자에 들어가 있고? 그게 가능한가? 뭘 해주지? 머리를 감겨주나? 귀에 바람을 넣어주나? 당신들도 이렇게 사나?" 나는 면도날을 내려놨다. "안 되면 되는 걸 찾고 일단 찾고 나면 몰두하고?" 그는 나를 똑바로 바라보며 울었다. 왜인지 나도 좀 울컥했다. 그는 어딘가 내 아들의 어린 모습과 닮았었다. 그리고 그가 이제는 나 때문에 우는 것 같았다.

3부

내가 말하지 않은 모든 것

향기

죽은 사람의 피부는 차가워졌다가 검붉어졌다가 나중에는 무지개색이 된다고 한다. 향기가 난다고 하며 죽은 사람의 집을 지나가던 사람들은 한 번쯤 그 집 앞에 모여 향을 맡는다고 한다. 음, 설마 사람이 죽은 걸까. 그렇지 않고서는 이렇게 좋은 냄새가 날 리 없지. 경찰은 짝을 이뤄 찾아오고 향기 나는 집의 문을 두들긴다. 불러도 대답은 없다. 한 경찰은 문 앞을 서성인다. 다른 경찰은 계단에 앉아 담배를 피운다. 관리인이 나와 커피를 돌리며 집주인은 완전히 좋은 냄새를 풍길 정도로 죽은 지 오래되었음이 틀림없다고 말한다. 커피는 달고 담배 연기는 봄바람에 흔적도 없이 사라진다. 벌레가 꼬이지는 않나요? 벌레는 없어요. 가끔 나비가 날아와 앉지만 도로 날아갑니다. 꽃잎이 떨어지는 담장 너머에서 콧노래 소리가 들린다. 오래전에 세 사람이 잊은 노래. 다섯 명의 혼성 그룹의 이름, 뭐였더라. 노랫소리는 점점 커지고 열쇠 장수는 보이지 않고.

아파트

　글이 될 수 없는 아파트가 나를 내려다봅니다. 나는 글이 될 수 없는 아파트에 가본 적이 없습니다. 글이 될 수 없는 아파트가 모든 창과 문을 닫고 서 있습니다. 나는 침대에 누워 글이 될 수 없는 아파트란 뭘까, 글이 될 수 없는 아파트는 왜 글이 될 수 없을까, 생각합니다만 글이 될 수 없는 아파트는 모든 글을 거부하고 완강하게 멈춰 있습니다. 아주 오래전부터 글이 될 수 없는 아파트는 글이 될 수 없는가, 라고 묻는 내가 바라보기 전부터 글이 되지 않으려는 생각도 글이 되려는 생각도 없이 그곳에 있었지만 나는 글이 되지 않는 아파트란 있을까, 집마다 찾아다니며 문을 두드리거나 아파트 벽을 만져보거나 그곳을 향해 오줌을 갈기거나 어쨌든 방법을 찾을 수 있지 않을까, 라는 생각을 해봅니다. 글이 되지 않는 아파트는 글이 되지 않는 아파트인 채로 어디 들어와봐. 들어올 수 있다면 말이지. 사실 글이 되지 않는다는 것도 글이 된다고 말하고 싶은 거지? 한번 해봐, 라고 말하는 것도 같고 아니 이 모든 것이 글이 되지 않는 아파트가 숨기고 있는 글이 되지 않는 아파트의 말일지도 모르고 저는 그저 이것들이 다 글이 되지 않는 아파트에 대한 글이 아니라는 것만 알고 있는 채로 누워 있었습니다.

글이 되지 않는다면 왜 거기 서 있는 거야. 글이 되지 않는 아파트는 오른쪽 어깨에 이름을 새겨 넣고 정말 쉽게 글이 될 수 있다고도 말합니다. 그러나 나는 글이 되지 않는 아파트는 글이 되지 않은 채로 두는 것이 낫겠다는 생각도 합니다. 글이 되지 않는 아파트야. 도미노처럼 쓰러지지 않는 아파트야.

그런데 글이 되지 않는 아파트가 내게로 쏟아질 것도 같습니다. 글이 되지 않는 아파트 뒤에서부터 글이 되지 않는 아파트들이 차례로 넘어가면서 나를 덮칠지도 모릅니다. 왜냐하면 나는 지금 직업이 없어서 그렇습니다. 글이 되지 않는 아파트는 내게 직업을 줄 수 없습니다. 글이 되지 않는 아파트는 비극적이어야 하고 금이 가 있어야 하는데 글이 되어야 하는데 글이 되지 않는 아파트는 그대로 멈춰 서서 결국 나를 덮치지도 않고 글이 되지 않은 채로 직업도 없는 나를 향해 직업이 없어야 한다거나 직업이 있어야 한다거나 직업? 그게 뭐야? 뭐 이런 태도로 조금 건방지게 할 수도 있지만 역시 글이 되지 않는 아파트답게 어떤 말도 없이 하나의 전경으로 전범으로 글이 되지 않겠다는 몸으로 어떤 마음도 거부한 채 내 앞에서 내 시야를 잡아끄는 것입니다. 나는 오늘 글이 되지 않는 아파트를 보았습니다.

완벽한 아침

그날 아침은 침대 밖으로 발을 뻗었을 때 두 발에 슬리퍼가 정확하게 닿았다. 소변 줄기가 변기 안으로 매끄럽게 흘러 들어갔다. 믿을 수가 없었다. 사방이 고요했다. 현관 문을 열었는데, 20년 동안 나던 소리가 들리지 않았다. 아귀가 맞지 않던 문의 부속품들이 맞아떨어졌다. 현관에는 신문이 비닐에 싸인 채 놓여 있었다. 그 위에 작고 까만 것이 앉아 있었다. 그건 부산스럽게 움직이는 작은 동물이었다. 그는 정말 작다고밖에 할 수 없는, 부지런한 두 손으로 무언가를 만지고 두드리고 굴리면서 입 안에 넣을 것을 찾는 그런 동물이었다. 나는 그 까만 것을 바라봤다. 아침 안개가 우리 집을 감싸고 있었다. 나는 달려가 그 생물을 발로 찼다. 그것은 날아갔고 담장 너머로 사라졌다. 내가 왜 그랬냐고? 잘 기억이 나지 않는다. 슬리퍼에 묵직하게 닿았던 그것의 무게는 기억에 남는다. 그런 아침은 다시 오지 않았다. 문은 비명을 질렀고, 아침마다 슬리퍼를 찾기 위해 고개를 숙여야 했다. 신문을 감싼 비닐은 찢어지거나 더러웠다. 집 안은 아무도 없을 때조차 냉장고의 모터가 돌아가는 소리로 가득했다. 작은 동물들은 내가 가까이 다가가기 전에 재빠르게 사라졌다. 나는 그날 아침을 떠올리곤 했다. 마지막 장면은 썩 유쾌하지 않았지만, 어쨌든 가끔 생각이 났다. 나는 결혼했다. 그렇게 되리라 예상한 사람은 없었지만, 나는 결혼 생활을 잘 견뎌냈다고 생각한다. 전보다 청소를 더 해야 했고, 부러지거나 소리가 나는 물건은 교체했다. 현관문은 업자를 불러 통째로 뜯어냈다. 아내의 요청에 따라 분홍색 문을 달았다. 친구들이 와서 실컷 웃었고 곧 그들도 파란색, 노란색 문을 달았다. 나쁘지 않았다. 잭키를 낳았을 때도, 잭키에게 처음으로 젖병을 물렸을 때도, 잭키와 잔디밭에서 야구공을 주고받을 때도. 나쁜 것은 없었다. 그런 완벽한 아침은 찾아오지 않았다. 내가 아닌 다른 무언가의 도움으로 이룰 수 있는 그런 아침과 작고 까만 동물의 열중한 뒷모습. 얼마 전에 잭키는 나를 죽여버리겠다고 말했다. 아내는 눈물을 흘렸다. 아내에게는 아무런 잘못이 없다. 물론 나도. 만약에 있다면 그날 아침? 하지만 잭키는? 잭키는 너무 많은 잘못을 저지르고 있고, 시끄러운 음악을 틀었다. 그는 방 안에서 나오지 않는다. "얘야, 아빠가 잘못했다. 인제 그만 나오렴." 몇 번 그렇게 말했지만 그의 마음을 움직일 수 없는 목소리라는 걸 인정한다. 그는 나오지 않을 거다. 그게 그렇게 나쁘다고는 생각하지 않는다. 아내와 나도 집 밖으로는 잘 나가지 않고, 매일 아침 문을 열 때마다 지금보다 나은 미래가 있을 거라는 것을 절대 기대할 수 없는, 소리를 듣는다. 마치 누군가 내게서 떨어져 나간 그것을 걷어차 아주 멀리 보내버린 것 같다.

프랑스어

진열창을 통해 희생자를 본다. 〈Elle s'arrêtait souvent pour voir les vitrines.〉 les vitrines는 진열창이다. 희생자는 영어로 victim이다. '그녀는 진열창을 보기 위해 자주 멈춰 서곤 한다.'

다음 장에는 "13시였다. 갑자기 모든 게 고요했다. 비가 내리기 시작했다. 나는 무서웠다." 〈Il était 13h. Tout était calme, quand soudain il a commencé à pleuvoir. C'était horrible.〉 이런 문장이 적혀 있다. "그는 자신이 건강하다고 내게 말했다.", "나는 그것이 사고라고 생각했었다.", "그녀는 내가 행복한지 물었다." 이전에는 "지금 우리는 골프를 친다. 예전에 우리는 테니스를 쳤었다". "어렸을 때". "내가 아이였을 때"는 Quand를 사용한다. "어렸을 때 우리는 조종사가 되고 싶었다." 복합과거는 "가방을 잃어버렸다". "가방을 찾았습니까" 횟수가 fois로 명시될 때는 "나는 네게 적어도 10번은 전화했어." "그녀가 도와달라고 내게 여러 번 이야기했어요". 대과거는 "네가 이미 이 영화를 보았다는 것을 몰랐다." "나는 내 지갑이 사라졌다는 것을 알아차렸다." 현재형은 습관이나 반복, 영원한 사실이나 일반적 진리. "당신은 무엇을 듣습니까?"

☾ 교재 : 이경자, 박찬훈 공저, 누보 프랑스어 문법 , 도서출판 fides, 2017.

지구 한 바퀴

파티에서 심리학자가 내게 말했다.
우리가 지금 얻으려고 하는 것은
오래전에 잃어버린 것이라고.
그런데 그것은, 우리가 한 번도 가져본 적 없는 거라고.
나는 들고 있던 야구 방망이, 사각팬티를 내려놓고
두 귀에 쑤셔 박았던 휴지 뭉치를 꺼냈다.
심리학자에게 물었다.
좋습니다. 그렇다면 내가 잃어버린 게 뭐죠?
당신이 해준 이야기를 이미 책에서 본 적이 있어요.
모르겠습니다. 잃어버린 건 너무도 많지만 한 번도 가
져본 적 없는 것을
잃어버린 기억은 없어요.
어머니는 내가 좋은 대학에 가길 원했습니다.
나는 몇 번 시험을 망쳤고
또 몇 번 좋은 성적을 거두었죠.
시험은 동전 던지기와 마찬가지였습니다.
나는 동전 던지기에서 앞면이 나오도록 하는 방법을
알고 있었죠.
연습이 필요했을 뿐입니다.
엄지손가락으로 동전을 튕겨 눈높이까지 던지기.

한 바퀴를 완성하는 순간 낚아채기.

의심스럽다면 확인하기 전에 손바닥을 뒤집기.

나는 그걸 10살 때부터 했어요.

방 안에서

혼자

동전을 던졌습니다.

앞면이 나오는 것에

익숙해지면

그때 밖으로 나오려고요.

그 동전은 다른 모든 동전과는 다르죠.

그 동전은 다른 모든 동전을 합한 것보다 큰 액수를 가집니다.

그런데 그 동전은 지금 사라지고 없습니다.

내가 잃어버린 건 '어머니의 사랑'인가요?

오 이런, 당신

어머니의 사랑이 부족했나요?

그렇진 않습니다. 그녀는 여느 아이들의 어머니와 비슷했죠.

그녀는 내 입에 뽀뽀하고

나의 귀를 가볍게 꼬집는 걸 좋아했습니다.

내가 교과서 대신 『나의 라임 오렌지 나무』를 읽고 있
었을 때

어머니는 고양이처럼 몰래 다가와

내 목덜미를 손바닥으로 내리쳤습니다.

그때부터 나는 목이 떨어져 나간

광대가 된 걸지도 모르겠네요.

끔찍하군요. 그렇다면

성인이 된 뒤의 사랑도 순탄치 못하였겠어요.

네, 분명히 그렇습니다. 그런데

저기 창문 앞의 화분이 계속 신경 쓰여요.

날이 쌀쌀해지면 저 나무는 죽을지도 몰라요.

아무도 신경 쓰지 않을 겁니다.

그러나 나는 그것을 보고 있고

생각하며, 잊었다가

다시 떠올리고 있어요.

내가 저 나무를 조금만 안쪽으로 옮기는 것이 맞을지

아니면 이 집 주인을,

그는 지금 보드카를 한 병 마시고

완전히 곯아떨어져 있지만,

흔들어 깨워

화분이 어떤 위험에 처해 있는지 알리는 게 좋을지 고민하고 있습니다.

예전에 나는

사실 당신을 사랑한 것이 아니라고

나는 단지 '그것'을 찾고 있었을 뿐이라고 말하는 게 맞았을 거예요.

물론 그 사람은 '그것'을 이해하기 어려웠을 겁니다.

'그것'을 이해한다는 것은

파티에 있는 내가

지구 한 바퀴를 돌아야 도착할 수 있는

어느 사막에도

동시에 존재한다는 얘기만큼

비논리적이고, 엉터리 말이니까요.

하지만 그렇다고 해도 여기는 정말 사막이고

사막에 있는 내가 파티에 있는 당신에게 말하고 있는 겁니다.

지구의 양극

N극과 S극과 같이

우리는, 나와, 그는, 그와 나는 서로에게

끊임없이 자기장과

텔레파시를 보내고 있죠.

사막에서 오아시스를 찾는 것처럼

파티에서 또 다른 누군가를 찾아 나서고

뜨거운 모랫바닥 위에서

미친 것처럼 돌아가는 미러볼 아래서

서로를 밀어내고

밀어 당기고

있습니다.

나는 그때 나름의 방법으로 최선을 다했던 거죠.

당신은 조금 쉬는 게 좋을 것 같아요. 심리학자가 내게
말했다.

알고 있습니다.

이 모든 일을 은 식기처럼 서랍 안에 넣어두는 것도 좋
은 방법이죠.

때때로 그것들은

스스로 일어나 서랍장을 마구 찍고 긁고

발광할 테지만

다른 한 편에서는

모랫바닥 아래 숨은 전갈처럼

고요하게 보일 거니까요.

그럼 한 가지만 물어보겠습니다.
이런 것들이
시가 될 수 있을까요.
겨울이 다가오는 울창한 숲
그걸 비추고 있는 창문 앞에 선
화분처럼
모든 것들을 바라보면서
아무것도 하지 않는 것.
파티장의 나는
사막의 나와
끊임없이
동전을 주고받을 것이고,
동전이 동전의 모양으로
동전만 한 운석이
지니는 힘을 갖게 될 때까지
자신을 중심으로 모든 걸 휘두르는 지구의 중력처럼
나 또한 나를 중심으로 이 모든 것을 휘두르는 것.
그것은 왜 계속 그것을 하게 만드는 건가요.
심리학자는 이미 잠들었고
파티의 한구석에서

연인으로 보이는 두 사람이 열정적인 키스를 하고 있었다.

그들은 서로의 구멍으로

서로의 것을

넣어주고 있었다.

그들의 키스 위로

화가가 마지막으로

코팅을 위해

투명한 물감을 덧칠하는 것처럼

어떤 음악이 흘러나왔다.

음악과 키스는 그 이후로도 그치지 않을 것이었다.

지구를 돌며

달라지는 계절에 따라

몇 벌의 옷을 갈아입기는 할 것이지만.

외출

그가 문을 열고 나왔다. 활짝 웃으며 답답했다고 이렇게 나오니 좋다고 했다. 이제 자기 기분을 말해줄 수 있다고. 그는 하고 싶던 얘기를 다 털어놨다. 자기는 웃고 싶었고, 울고 싶었는데 얼굴은 가면처럼 움직이지 않았고 똑바로 서 있다가도 온몸이 쿵쿵 뛰었고, 하고 싶은 말을 하면 입에서 건전지 좋아하냐는 말과 건전지의 수백 가지 종류와 수만 가지 상표 이야기가 나왔으며, 무엇보다 친구의 물건을 뺏거나 친구를 때리고 싶지 않았다고. 나는 그랬냐고 그래도 이렇게 네가 나오니 참 좋다고 했다. 우리는 동산을 걸었다. 나는 튤립이 그는 패랭이꽃이 보고 싶었는데 그대로 두 가지 꽃이 피어 있었다. 강물을 떠다 마시면 입안에 달콤한 향이 남아 꿈만 같았다. 이렇게 좋은 데를 걸으니 참 좋다, 참 좋다, 이런 얘기를 했다. 그는 학교로 나는 집으로 돌아가기로 했다. 내가 뒤돌아 가 그를 붙잡았다. 그가 나를 쳐다봤다. 혹시 건전지 좋아하냐고 내가 물었다. 그가 날 바라보며 고개를 끄덕였다.

베개 아래

할머니의 이마에 마지막으로 키스하기 위해 빌이 허리를 숙였다. 그때 핑음과 함께 그녀의 베개 아래에서 무언가 발사되었다. 빌은 주저앉았고 가슴에서 피가 쏟아졌다. 의사와 간호사가 달려와 빌의 가슴을 압박했다. 피는 멈추지 않았고, 닥터 메를린은 특단의 조치를 취했다.

큰 호스가 빌의 몸에 박혔다. 호스는 등 뒤로 빠져나가는 피가 다시 심장으로 들어갈 수 있게 해줬다. 그녀는 이걸 완벽한 순환 시스템이라고 했다. 전과 다름없이 만들어 줄 수도 있지만, 이런 경우는 특별해서 빌이 허락한다면 두고 보고 싶다고 했다. 빌은 아무래도 상관없다며 병원에 있는 것은 심심하니 나갈 수 있게 해달라고 했다.

빌은 퇴원하여 직장에 복귀했다. 그는 예전처럼 커피를 즐겼고 가볍게 테니스를 쳤다. 잔디를 깎다가 문득 할머니가 그리울 때가 있었지만 그의 어머니도 몹시 아프기 시작했기 때문에 슬픔에 잠길 겨를이 없었다.

조카들은 그를 사이보그라고 불렀다. 그는 로보캅 흉내를 내며 팔과 다리가 나사에 조여 잘 움직이지 않는 것처럼 흔들어 보였다.

밤이 되면 그는 한 뼘의 폭의 시냇물이 흘러가는 소리

를 들었다.

닥터 메를린이 거대한 반윤리적 의료 실험을 자행하다가 병원에서 쫓겨났다. 그는 호스를 교체하면서 병원과의 법적 마찰을 몇 차례 겪었다. 시냇물 소리는 점점 줄어들었다. 그가 깊은 잠에 빠질 수 있게 되었을 때 가족들은 이별을 준비했다. 그는 눈을 감았다. 의사가 임종을 선언할 때까지도 그의 몸은 피를 흘렸고 다시 그 피를 받아들였다. 빌을 잘 아는 사람이라면 누구도 빌의 이마에 키스하지 않았다.

우파루파

어젯밤에 옆에 누운 사람과 이야기했다. 이명박과 박근혜, 그리고 문재인에 관해. 나는 이야기를 하다가 눈을 감았고, 눈물이 흘러나오는 것을 느꼈다. 옆에 누운 사람의 손을 내 눈에 가져다 댔다. 나는 이 나라를 이야기하다가 우는 사람이라고 내가 외쳤다. 그 사람이 웃었고, 나도 따라 웃었다. 그러면서도 나는 눈물을 흘렸다. 옆에 누운 사람의 웃음소리가 서서히 잦아들고 이제는 눈을 감으나 뜨나 세상은 캄캄했다. 느낄 수 있는 건 관자놀이 근처의 축축한 눈물 자국뿐이었다. 깨어나 보니 아침 햇살에 우리는 파랗게 물들고 있었다. 나는 파랗게 물든 사람을 보고 우파루파를 떠올렸다. 우파루파는 멕시코도롱뇽으로 사람들이 애완용으로 키우는 것을 인터넷에서 본 적이 있다. 그런데 우파루파의 진짜 이름은 아홀로틀이다. 아주 옛날 제물로 선택된 이가 울며 도망치다 여러 동물로 둔갑했고 최종적으로는 이 우파루파가 되어 강물에 숨었다. 끝내 발견되어 그는 심장이 도려내어진다. 어젯밤 꿈속에서 살해된 남자는 명망 있는 집안의 사람이었다. 그의 조상이 오늘날 우리가 가지고 있던 생각이 오해였다는 사실을 알려주는 편지를 남겼다. 나는 편지를 큰 소리로 여러 사람에게 읽어주었다. 부인은 참회했다. 부인을 도와 살인을 저

지른 범인은 어디 갔는지 기억이 나지 않았다.

전염병

백신을 맞기 전에 아이들은 감금되거나 거칠게 다루어졌다. 아이들은 정성스럽게 쌓아놓은 블록을 무너트리고 신발마다 블록 조각을 넣었다. 목도리의 털실을 풀어 입구마다 걸어놓았다. 누구도 그 선을 넘지 못하게 했다. 그들은 식사 시간에 나타나지 않았다. 부모는 주먹밥을 만들어 오래된 스테인리스 도시락통에 담았다. 얼굴에 위장 크림을 바른 부모가 옷장 문을 열어 옷가지를 헤치고 들어가면 웅크린 채 무전기를 든 아이들을 만날 수 있었다. 아이들은 고개 숙여 부모에게 감사 인사를 하고 허겁지겁 밥을 삼켰다. 그들은 종이 위에 지도를 그렸다. 몇 가지 표식도 그려 넣었다. 아이들이 사라졌다. 지도가 가리키는 곳이 어디인지 아무도 몰랐다. 아이들이 다시 나타났다. 그들은 눈물을 흘리며 도저히 이 일을 할 수 없다고 했다. 다시 부모의 품으로 돌아가 하룻밤을 보냈다. 아침에 일어나면 멀쩡해진 얼굴로 다시 집 안을 엉망으로 만들었다. 머리핀, 등긁이, 구둣주걱, 도마, 양철 냄비는 그들이 모조리 수거해갔다. 매를 든 부모는 밀어 넘어트렸고 눈물 흘리는 부모는 안아주었다. 백신이 만들어지기 전까지 아이들은 전혀 씻지 않아서 새카매졌다. 글자를 제대로 아는 아이도 없었으며 똥오줌도 제대로 가리지 않았다. 감금된 아이들이 혀를 깨물거나 두 눈을 뒤집고 머리를 벽에 박기 시작하면 아무도 말릴 수 없었다. 아이들이 모두 얌전해지거나 주의가 산만하더라도 밤이 되면 자기 침대로 돌아가 잠들기까지, 숱한 날이 지났다. 대통령은 국가비상사태를 해제하고 아이들의 전쟁이 끝났음을 선포했다. 백신을 맞은 아이들이 학교에 갔다. 그들은 놀이를 배웠다. 가끔 서로를 죽이겠다고 소리치고 나무 뒤에 숨어 무전을 보내는 모습을 보며 선생님들은 흠칫 놀랐다. 종이 울리면 아이들은 교실로 돌아와 앉았다. 한 명씩 사라지긴 했다. 영영 찾지 못하는 때도 있었다. 아이들은 사라진 아이가 어디로 갔을지 궁금했다. 거기가 어딘지 상상도 가지 않았다. 아주 엉뚱한 이야기를 늘어놓는 아이도 있었다. 그건 엉뚱한 이야기였다. 누구도 믿지 않았다.

벽

어느 날 그녀가 정신과 진료를 받고 있다고 내게 털어놓았다. 그녀는 친정의 문제로 인해 심각한 스트레스를 받았고 그게 많이 악화하였다고 했다. 나는 그 문제가 뭔지 묻지 않았다. 그녀는 묻지 않아줘서 고맙다고 했다. 그리고 이 모든 일이 나와는 무관하며 내 책임은 없다고 했다. 그녀는 울었다. 그녀는 약봉지를 뜯어 약을 먹었다. 그녀가 말하기를 나를 보면 자신의 아버지가 떠오르기 시작한다고 했다. 끔찍한 일이었다. 나는 미안하다고 했다. 그녀는 괜찮다고 오히려 자신이 미안하다고 했고 나중에는 통곡했고 내 다리를 붙잡고 잠깐만 벽을 바라보고 서 있으면 안 되냐고 사정했다. 나는 얼른 일어나 벽을 보고 섰다. 조금 뒤 그녀의 울음소리는 잦아들었다. 그녀는 그릇을 닦고 바닥에 떨어진 물건을 주웠다. 이윽고 잠잠해졌다. 나는 이제 뒤돌면 안 되느냐고 물었다. 대답은 없었다. 나는 잠이 든 그녀에게 내 코트를 덮어주었다. 그녀는 종종 자신의 아버지가 떠오를 때면 나에게 부탁했다. 나는 의자에 앉아 있거나 침대에 누워 있을 때도 마다하지 않았다. 의사는 그녀가 나아지고 있다고 했다.

내가 벽을 바라보는 횟수는 줄어들지 않았지만 나는 그말을 믿었고 그녀는 나보다 더 그를 믿는 것 같았다. 나는 벽을 바라보며 숫자를 세는 것을 멈추기로 했다. 벽에 새로 못을 박고 구멍은 메웠다. 다른 일이 없으면 걸레를 들고 이곳저곳을 닦았다. 그녀는 내가 안 보는 사이 통신 수업을 듣기 시작했다. 나는 벽을 바라보고 서면서 운동하는 법을 익혔다. 그녀가 다른 남자를 만났다.

그녀는 새 남자와 잘 맞지 않는 모양이었다. 그녀가 다시 그와 헤어져 홀로 지낸다는 이야기를 들었다. 나는 이혼 경험자를 위한 심리 치료 모임에서 이 이야기를 털어놓았다. 회원들은 나를 벽을 바라보는 사나이라고 불렀다. 나를 매우 동정한 사람이 나에게 저녁 식사를 제안했다.

우리가 찾아간 곳은 하와이풍 야외 식당이었다. 그녀가 말했다. "이런 곳을 그녀와 와본 적 있나요?" 내가 말했다. "물론이죠." 그녀가 말했다. "그때는 어디 서 있었죠? 여긴 벽이 없는걸요." 나는 말했다. "벽이 나올 때까지 곧장 걸었어요. 대개 5분 이내 벽이 나왔습니다. 어떨 때는 더 걸어야 했죠. 그녀와 음식을 남겨두고 가는 게 마음에 걸렸어요.

하지만 계속 걸으며 시원한 바람을 맞으니 기분이 한결 나아졌어요. 사람들은 보이지 않았고 뒤돌아보지 않아도 모래사장 위에 내 발자국만이 길게 남겨지고 있다는 걸 느낄 수 있었어요. 그래도 멈추지 않아야 했죠. 노을이 지는 쪽을 바라보고 걸었어요. 이대로 벽이 나오지 않는다면 내가 어떻게 하기를 그녀가 바랄지 궁금했어요. 나는 그대로 걸어가 바다를 건너가는 상상 중이었거든요. 야자수 잎 치마를 입은 하와이안과 거의 만나기 직전이었죠."

"그거 멋지네요. 지금이라도 그럴 수 있어요."

그녀가 내 손 위에 자기 손을 얹었다.

"오 맞아요. 그러면 당신의 아버지에 대해서 말해줄래요?"

와인 창고

꼬마 셋이 빌리네 와인 창고에 들어갔다 나왔다. 한 아이가 말했다. "아, 거기에는 하얀 백합이 피어 있어요. 그걸 하나 따서 코에 가져다 댔어요. 향기가 났고, 나는 이제 더 바라는 게 없어요." 두 번째 아이가 말했다. "엄마가 나왔어요. 나는 그분의 세 번째 눈에 입을 맞추었어요. 그분이 내게도 세 번째 눈이 자랄 거라고 했어요." 세 번째 아이가 말했다. "악마가 서 있었어요. 나쁜 짓을 했다면 말하라고 하길래 동생의 머리를 세게 때려서 지금도 동생 머리가 움푹 파였다는 걸 말했어요. 그는 잘했다고 했어요. 날 쓰다듬어주었어요." 나는 빌리의 지하 창고로 들어갔다. 나무 문을 열자 지하로 들어가는 계단이 어둠 속으로 떨어지고 있었다. 한 발을 내디뎠다. 어둠에 휩싸인 발이 마비될 것 같았다. 나는 눈을 감고 앞으로 나아갔다. 감은 눈에 붉은빛이 어른거렸다. 나는 나무 기둥에 부딪혔다. 발바닥에 못이 찔리기도 했다. 안경은 다리 한쪽이 박살 났다. 엉금엉금 붉은빛을 향해 기어갔다. 손등에서는 피가 흘렀다. 빌리였다. 그는 양쪽 어깨에 초를 달고 가부좌를 틀고 앉아 있었다. 그는 짧게 자른 파마머리를 하고 있었다. 그의 러닝셔츠는 해지고 닳아서 구멍이 뚫렸는데 그의 한쪽 젖꼭지가 드러났다. "빌리?" 그가 눈을 떴다. 빌리는 나를 보고는 갑자기 웃기 시작했다. 그의 어깨에 붙어 있던 초에서 촛농이 사방으로 튀었다. 그의 말에 따르면 어느 날 동네 꼬마들이 이곳에 몰래 기어들어 와 와인을 홀짝거렸다. 그 뒤로 쥐새끼처럼 숨어드는 아이들을 골려주기 위해 빌리는 준비 중이었다. "나는 여기서 그 아이들의 질문에 답하죠. 내가 이런 재능이 있는 줄 몰랐는데 그들은 이제 나를 숭배해요." 나는 그 아이들이 좀 특별한 아이들이냐고 물었다. "전혀요. 아이들은 궁금한 게 해소가 안 돼요. 쓰면 안 되는 말이 많잖아요." 내가 이런 일이 위험하지는 않겠냐고 그에게 물었다. "머가요? 아이들을 와인으로부터 지켜야죠." 나는 좀 추웠고 빌리에게 나가는 길을 알려달라고 했다. 그는 자기 손을 잡고 같이 나가자고 했다. 나는 그의 손을 잡았다. 그의 손은 단단했고 거칠었다. 우리는 어둠 속을 걸었다. 그가 한 발자국 걸을 때마다 촛불이 흔들거리며 주변을 밝혔다. 그는 나를 계단까지 바래다주었다. "고마워. 빌." "아니에요. 조심히 올라가요. 그리고 다시는 내려오지 마요. 당신이 올 곳은 아니에요." 나는 계단을 올라갔다. 밖에서 마을 사람들이 횃불과 곡괭이, 갈퀴 따위를 들고 나를 기다리고 있었다. 그들 중 하나가 나에게 물었다. "이봐. 밑에 뭐가 있는 거야?" "여긴 빌리네 와

인 창고예요. 와인이 있죠." "빌리는?" "잠들었어요. 영원
히. 아이들과 함께."

피스톨

아이 셋이 건초 더미 위에 앉아서 서로의 머리에 붙은 지푸라기를 떼주고 있다. 하나를 떼면 여러 개가 다시 머리며 옷에 붙는다. 나는 아이들 앞에 앉아 있다. 그들의 아버지로 보이는 농부가 터덜터덜 나에게 걸어왔다. 그는 아이들이 하는 바보 같은 짓을 보면서 낄낄거리며 웃었다. 나는 기분이 나빴다. 그가 바지 주머니에서 작은 피스톨을 꺼내더니 쏴보겠냐고 나에게 물어봤다. 그가 아이들을 가리켰다. 나는 그게 무슨 좆같은 소리냐고 물었다. 그가 피스톨의 탄창을 꺼냈는데 비어 있었다. 그가 크게 웃으면서 집으로 들어갔다. 아이들은 농부를 따라 집으로 달려갔다. 해가 졌다. 집에 불이 켜졌다. 아이들이 웃는 소리가 들렸다. 창문 밖에서 안을 살펴보니 아이들이 농부에게 붙어서 씨름하고 있었다. 한 아이는 농부의 다리를 잡고 넘어트리려고 했다. 농부의 다리가 그 아이 몸통만 했다. 다른 아이는 의자를 밟고 올라가 농부의 목을 졸랐다. 다른 아이는 나무 막대기로 농부의 배를 마구 찔렀다. 농부는 웃으며 "꼬마 악귀들!"이라고 외쳤다. 부엌에 있던 여인이 박수를 세 번 치자 아이들이 방으로 뛰어 들어갔다. 여인은 농부에게 맥주 한 잔을 따라주고 바느질을 시작했다. 농부는 파이프에 불을 붙였다. 밤은 더 깊어갔다. 아내는 바늘을 손에 쥔 채 의자에 앉아 잠이 들었다. 농부는 나에게 문을 열어주었다. 나는 그가 따라 준 따뜻한 물을 마셨다. 그는 나를 안다고 했다. 어릴 때 이후로 아주 오랜만이라고 했다. 나는 그에게 밀짚모자를 쓰고 망아지를 타고 다니던 꼬마였냐고 물었고 그가 낄낄 웃었다. 모두 주운 아이들인데 자기 생각에는 어느 반역자나 산적의 자식들인 것 같다고 농부가 말했다. 나는 예쁜 아이들이라고 말했다. 그는 다시 낄낄 웃었다. 그는 나에게 맥주를 한잔할 건지 물어보았다. 나는 고맙지만 이제 가봐야겠다고 했다. 그는 다시 올 거냐고 물었고, 나는 언젠가는 돌아오겠다고 했다. 멀리 있던 늑대 몇 마리가 나를 보고 달려오다가 다시 무리에게 돌아갔다. 양들은 내 곁에서 함께 울타리 끝까지 걸어주었다.

나쁜 감정 없음

공무원 친구가 세 명
노동부 한 명, 외교부 한 명, 특허청 한 명
생일을 맞아 사흘 동안 휴가를 낸 사람 한 명
지독한 이별을 한 사람 한 명
음악 동아리 가입 한 명
보컬 한 명
매일 소주를 마시는 사람 한 명
피부가 아기 같고 하얗다.
그들 중 한 명
나를 보며 눈가를 촉촉이 적신다.
아마도 나를 예술가 지망생으로
잃어버린 어린 시절의 꿈으로 아는 것 같음
한 명
얼마 전에 한 명
꽃을 선물함
한 명

오후 세시에 집에서 밥을 지으며 나는 듣는다
키보드를 두드리는 소리
전화벨

큰 목소리
한숨과
울음.
교향곡 같다.

그건 좀.
낮은 화음
마이너 키. 슬픈 노래 같은데
가사는 없다.

탈출

1.

나는 말해야 했습니다. 결혼 이후에 대해 쓰고 싶었어요. 양보하지 않을 겁니다. 그녀는 말했죠. "자기, 그는 그냥 놔둬. 모두에게 축복받는 건 좋은 일이야. 좋은 일이지만 누구나 이 결혼식에 올 수 있는 건 아니야." 나는 매일 밤 그에게 면담을 요청했죠. 결혼의 정당성에 대해서 이야기했고, 내 삶이 이제는 휴식을 원한다고 말했어요. 만약 나를 이해해주지 않는다면 더는 당신을 찾지 않을 거고 이 관계를 끝내는 펜은 내가 쥐고 있다고요.

2.

그와 나는 잘해나갔다고 생각해요. 우리는 사랑받을 자격이 없었고 사람들은 우리를 사랑할 자격이 없었죠. 그는 오직 나만을 자신의 파트너로 삼았어요. 나 또한 파트너로 남기 위해 모든 것을 바쳐야만 했죠. 나는 그가 품격이 있다고 생각했고, 지나치게 엄격하며, 때로는 무척 자애롭다고 여겼어요. 술에 취해 그의 발에 입을 맞췄고 한낮에 산책하며 돌아가지 않겠다고 그에게 연락했어요. 나는 그를 위해 히트맨이 될 수도 있었어요. 그는 나를 위해 폭탄도 터트릴 수 있었죠. 가끔 우리가 그런 장난을 실제로 치기도 했죠. 그때는 축배를 들었습니다. 그가 웃고 내가 웃었고 잔을 부딪치고 재떨이를 창문에 던지고 유리 가루를 카펫에 뿌리고 그 위를 뒹굴고 서로의 얼굴에 빨간 페인트를 바르고 다음 날이 되면 그도 나도 모두 멀쩡해진 채 다시 일에 집중했죠.

3.

누군가 그에게 몰래 접근한다는 소문을 들었어요. 나를 제거할 계획이 준비되어 있다고요. 몇 명의 작자들이 다가왔는지 어떤 조건을 내걸었는지 그가 말해줬죠. 어떤 자는 변장했고 어떤 자는 여러 날의 밤을 준다고 말했고 어떤 자는 길거리에서 발가벗겠다고 했어요. 그가 목록을 줬어요. 내가 무엇을 안 줄 수 있었겠어요. 그는 왕관을 약속했어요. 나는 그게 농담이란 걸 알았죠. 다른 건 필요 없었거든요. 그와 나. 나와 그만 있으면요.

4.

그녀를 그에게 데려갈 생각이었어요. 그녀에게 내가 하는 일에 대해서 이야기하기 시작했죠. 처음부터 끝까지. 다만 몇 군데 추려서. 그녀는 내가 말을 끝낼 때까지 기다렸어요. 그녀는 자신에게도 중요한 누군가가 있다고 했죠. 나는 놀랐어요. 그녀에 대해서 더 듣고 싶었죠. 우리는 지칠 때까지 이야기했고 그녀는 내가 아프지 않기를 바랐어요. "그럼 당신이 좋아하는 건 뭐죠?" 열 번 정도 내가 그에게 가져다주어야 할 일을 처리하고 나면, 한 번 정도는 우리가 하고 싶은 일을 했죠. 전시를 관람하고 바다에 갔어요. 내가 지나치게 술에 취했거나 어딘가에서 얻어터졌을 때 그녀는 나를 자동차 뒷좌석에 실어 응급실에 데려갔죠. 내가 하는 말이 대부분 허풍이라는 것을 알고 있었을 거예요. 그녀는 내가 말하는 중간마다 위스키 대신 와인을 마시도록 권했어요. 차에 위스키를 타서 마시는 걸 도와줬어요. 망가지기 위해 했던 일들을 다시 해보도록 권유하기도 했고요. 그녀는 괜찮다고 했어요. 계속하라고, 그러고 나서 시간이 남으면 다음 주에 개봉하는 영화를 보자고요. 팝콘과 콜라를 양손에 들고 멍청이들이 싼 오줌 냄새가 나는 영화를 보았어요. 나는 눈물을 흘렸어요. 무척 부끄러웠죠. 그녀는 강아지에게 그가 좋아할 만한 이름 중 하나를 붙여도 되냐고 내게 물었죠. 나는 누구에게도 허락을 구하지 말고 당신이 사랑하는 어떤 이름을 붙여도 되며 당신이 사랑하는 말이라면 어떤 것이든 나도 사랑할 준비가 되어 있다고 했죠. 나는 그때부터 그에게 모든 것을 말하지는 않았죠. 내가 말하지 않은 것이 모든 것이라고 할지라도요.

5.

그는 내 감이 조금 무뎌졌다는 사실을 굳이 얘기하지 않았어요. 처음에는 아마 내가 늙어간다고 생각했을 거예요. 많은 작자가 그렇게 사라지니까요. 그는 줄곧 말했죠. 쓸 수 없는 나이가 되면 쓸 수 없는 거라고요. 내가 그렇게 될 수 있었다면 좋았을 텐데.

웬 놈들이 나타났죠. 여기저기 어떤 지면이든 마음대로 휘젓고 다녔어요. 다이너마이트를 터트리고 난사해댔어요. 그들은 파괴하는 것만이 전부인 듯 으스댔죠. 몇몇은 손뼉 쳤고 몇몇은 욕을 했어요. 나는 그들이 친근했어요. 그들이 하는 짓을 보면 가슴 한구석이 뜨거워졌고 우리가 같은 편에서 같은 걸 즐긴다고 생각했어요. 나는 그들에게 손을 내밀었죠. 그들은 웃으며 내가 한 짓을 들었다고 했어요. 내 손을 잡지는 않았죠.

나는 그날로 그를 찾아갔죠. 더 큰 것을 바치고 더 많은 것을 요구했죠. 그는 순순히 내주었어요. 충분한 것을 내게 내주었죠. 아 어떤 것들은 전에 본 적 없는 훌륭한 것들이었어요. 알았어요. 그때 알았죠. 그와 나 사이에 다시는 메울 수 없는 금이 가기 시작했고 그건 그가 변했기 때문이 아니라는 걸 말이에요. 그는 내게 벌주지 않아요. 벌주지 못할 거예요. 그는 내게 상을 줄 수 없으니까요.

6.

나는 결혼할 거고, 그가 거기에 와주기를 바라요. 그가 전과는 완전히 다른 모습으로 다른 이들의 인사를 받고 정장을 차려입고 가슴 한쪽에 꽃을 꽂고 단상 위에 서서 하객을 놀리고 자신마저 놀리고 거기에 우습지 않은 사람은 한 명도 없다는 식으로 이야기를 하며 모두의 존경을 받았으면 좋겠어요. 약혼자는 그러지 않아도 된다고 했지만, 이제 우리의 오랜 인연은 그런 식으로 늙어가야 해요. 총과 칼을 내려놓아야 하고, 털이 군데군데 빠지고 발가락이 없는 비둘기처럼 거리에서 빵 부스러기를 주워 먹기보다는 창가에 앉아 컵 받침 위에 놓인 차를 마셔야 할 때가 되었다고요. 만약 그가 그런 것에 대해서 전혀 공감하지 못한다면 한 번도 들어본 적 없다면, 내 나머지 시간을, 다시는 그와 함께 재미난 일을 할 수 없다고 해도, 이후의 삶에 대해 그에게 말하는 데 사용할 준비가 되었어요. 내가 앞으로 모든 것을 바칠 사람은 당신이 아니지만, 그것이 당신을 사랑하지 않는다는 건 아니라는 걸 그에게 말해주고 싶었어요.

나는 그에게 찾아갔죠. 그는 내가 필요한 것을 주었고, 모든 것이 전과 다름없어 보였어요. 다만 좀 일렀죠. 해가 막 저물어가는 시간이었어요. 추워지기 시작했지만, 거리에는 사람들이 걸어 다녔어요. 누군가는 밤늦게 온다는 비를 피하려고 우산을 가지고 있었고, 누군가는 달리고 있었고, 누군가는 자신의 아이를 안고 있었죠.

그는 내가 준비한 말을 들었죠. 그리고 고개를 끄덕였죠. 내가 가장 좋아하는 차茶가 앞에 놓였어요. 그가 나처럼 준비하고 있었다는 걸 알았죠. 그는 손을 내밀었어요. 나는 그의 손을 잡았어요. 그의 손은 거칠었어요. 늙은 사내의 손처럼 주름이 많았지만, 여전히 강한 힘을 느낄 수 있었죠. 두렵지는 않았어요. 그의 손이 내 손을 부러트리더라도 이제 두렵지 않았죠. 내가 나갈 때 그는, 축하한다고, 곧 답신을 주겠다고 말했어요.

7.

지금 나는 한 카페 바닥에 누워 있어요. 내가 작업할 때 항상 하던 일이죠. 바닥에 눕는 것. 바닥에 누울 때는 도로가 제격이죠. 새벽. 차가 그리 많지 않을 때. 차들이 신호를 지키지 않을 때.

카페 문이 열렸을 때 그보다 훨씬 젊은 그가 서 있었고 그는 품속에서 작고 까만 것을 꺼냈고 사람들의 비명이 사라질 때쯤 나는 내가 누워 있는 것을 느꼈죠. 풀이 다시 자라는 계절이고 이 순간을 오랫동안 기다려왔던 것 같아요. 그녀에게 전해주세요. 모든 것이 이해되는 기분입니다. 어째서 당신이 내게 찾아왔는지도. 우리는 함께할 겁니다. 언제나 우리와 함께할 당신.

4부

네가 찾고 있던 게 이게 아니라도

살구나무 비행기

살구나무 비행기를 탔다 누군가 이거 비행기 맞지요 물으면 승무원들은 그럼요 물론이죠 시원하게 대답해주었다 비행기가 급락했다 잠든 아이들이 붕 떠서 공중을 유영했다 天使 같았다 살구 주스에 소주를 넣어 마신 아저씨가 군가를 불렀다 창문 밖으로 비행기 날개가 보였는데 불타고 있었다 살구나무가 잘 타고 있었다 승무원들이 위험할 수 있으니 모두 앉으라고 했다 한구석에서는 승객 둘이 머리카락을 잡고 뒹굴었다 승무원들이 웃음을 참지 못했다 무슨 일이 있나 하고 기장과 부기장도 복도로 나왔다 엔진이 불타고 있는데 괜찮나요? 그럼요 살구나무는 금방 안 타요 창밖으로 노을이 진다 그 불빛이 감은 눈을 붉게 비춘다 사람들이 카운트 다운을 외친다 비행기 날개가 떨어져 나간다 불덩이가 되어 날아간다 지구 주위를 공전한다 숯이 되었다가 재가 되었다가 흩어진다 잠에서 깬다 뒷좌석에서 눈을 뜬 나를 보고 아버지가 말한다 잘 자더구나

도로교통법

반바지를 입은 아저씨는 움찔하더니 나와 내 어머니를 쳐다보았다. 아저씨는 조금 떠는 것 같았다. 그의 무성한 털이 곤두섰다. 그는 한숨을 쉬더니 내 팔을 부드럽게 잡았다. 나는 그의 팔을 달고 계속 그의 허벅지를 쓰다듬었다. 그는 나를 노려보았다. 나는 그가 불쾌하지 않았으면 했다. 그의 털은 부드러웠고 만족스러웠다. 그는 다시 내 어머니를 바라보았다. 어머니는 눈을 감고 있었다. 나는 그의 사정을 이해했다. 법은 순식간에 바뀌기 마련으로 잘못 발을 헛디뎠다가는 범법자가 될 수도 있고, 천국에서 나락으로 굴러떨어지지 않기 위해서는 대개 조용히 변화를 받아들여야 할 때가 많으니까.

그는 입술을 꽉 깨물었다. 그가 말했다. "제발, 이제 그만해." 내가 대답했다. "그럴 수 없어요. 이건 합법이에요." 그가 붉게 충혈된 눈으로 나를 내려다보았다. "그런 개좆 같은, 법이, 어딨니." 그의 눈에 눈물이 맺혔다. "울고 싶으면 울어요. 하지만 욕을 하면, 꼬집히고 발가벗겨진 다음에 땅속에 묻혀요." 그는 하얗게 질려서 펑펑 울기 시작했다. 나는 그를 안아주었다. 동의를 구하지 않았지만, 그래도 될 것 같았다. 아저씨가 내 가슴팍에 얼굴을 묻고 속삭였다. "나에게도 너만 한 아이가 있단다. 그 녀석을 내 배

위에 올려두곤 했어. 내 몸 위에서 발을 굴렀지. 하나도 아프지 않았지. 그런데 아내가 그 아이를 데리고 떠났어. 그 녀석이 얼마나 컸을지 상상도 안 가. 가슴이 아프단다. 아니 온몸이 아파." 그는 그대로 눈을 감고 숨을 헐떡였다. "이건 내 아이, 이혼, 상실에 대한, 뭐 그런 거니?" 나는 그의 허벅지를 계속 쓰다듬었다. 그가 전보다 큰 목소리로 말하기 시작했다. "빌어먹을! 그때 그 일에 대한 거지? 내가 지하철에 한 짓. 난 죗값을 받았어. 그 녀석들은 돈을 받았고. 마지막에는 웃으며 나가는 걸 봤단 말이야." 나는 그의 목을 잡고 더 세게 끌어안았다. 그가 내던 씩씩대는 소리가 이내 고요해졌다. 지하철은 지상을 향해 올라가고 있었다. 더는 우리를 내려보내지 않아도 되는 법이 생겼는지 지하철은 계속해서 선로 위를 천천히 달렸다.

명예의 전당

전화벨이 울렸다. 그가 말하기를 수천 명이 준비되어 있다고 했다. 내가 허락한다면 당장이라도 그들을 달리게 할 준비가 되어 있다고 했다. 나는 그러라고 하고 전화를 끊었다. 잠시 뒤 사람들의 함성이 들렸다. 다시 또 전화가 와서 그가 말하기를, 당신의 말대로 했고 승전고가 울릴 것이라고 했다. 우리가 얻는 것은 무엇과도 바꿀 수 없을 거라고도 했다. 나는 축하한다고 말했다. 다시 전화가 왔다. 왼쪽이 상대적으로 약한데 그쪽으로 사람을 더 보낼지, 방어적인 전술이 먹히지 않아서 공격적인 전술로 전환해야 할지 물었다. 나는 그러라고 하거나, 조금 고민했다. 그럴 때마다 전화 속의 목소리는 이 결정은 불가피하며 아무도 욕하지 않을 거라고 했다. 나는 그렇다면 그러라고 했다. 누군가를 완전히 제명하고, 다른 사람으로 대체해야 한다는 말에 대해서는 그럴 수 없다고 내가 말했다. 그가 내 말에 동의하지 않거나 우물쭈물하면 나는 소리를 질렀다. 그가 대답하지 않자 나는 끝내 그러라고 했다. 한동안 전화는 오지 않았다. 나는 여전히 잠을 자지 못했다. 밤에는 지구 반대편의 스포츠 경기를 보고 낮에는 잠옷을 입은 채 거실을 배회했다. 커피는 진해졌고 원두를 자주 주문했다. 같이 사는 사람이 말하기를 그것이 백 인분은 될 거라

고 했다. 눈을 감으면 사람들의 고함이 들렸다. 그들은 환
호했다가 절규했다가 두 소리를 섞어냈다. 몇 사람을 뽑아
서 방에서 내보냈다. 몇몇이 방문해 내 어깨에 손을 올렸
다. 나는 대부분의 시간 동안 소파에 앉아 꺼진 TV 화면을
보면서 빈 잔을 물고 있었다. 송별 파티와 환영 파티가 있
는 날에는 사람들과 어깨동무하고 난장판을 만들었다. 몇
번 그가 왔다 갔다. 나는 고개를 끄덕이거나 손짓으로 말
했다. 그러라고 했다. 이미 진행되고 있는 그대로 쭉 가라
고 했다. 눈을 떴을 때 나는 깨끗하게 삶아 빨아진 옷을 입
고 있었다. 창가로 아침 햇살이 들어오고 있었다. 그가 하
얀 가운을 입고 나에게 미소를 지었다. 그가 말하기를 내
가 지금까지 누구보다 잘해왔고 모두가 나를 기억할 거라
고 했다. 운이 좋다면 전당에 등록될 거라고 했다. 나는 말
했다. 그것은 내 의견과는 완전히 반대되며 또 이번에는
전적으로 내 의견을 따라도 될 것이지만, 그러라고 그렇게
하라고 이번만큼은 온전히 찬성한다고 했다.

개 그림

그림을 그렸어요.
이 집 개를 그렸어요.
감사합니다.
오늘 면접을 봤어요.
근처에 카페가 없어서
한참을 걸어왔어요.
면접을 보셨구나.
주문하신
아이스티 나왔습니다
감사합니다.
개가 너무 이뻐요.
그래서 그리고 싶었어요.
감사합니다.
똑같이 그리려고 했어요.
여기 눈이랑 귀.
정말 똑같아요.
감사합니다.
개가 움직여서요.
개가 움직여서
사진을 찍었어요.

사진을 보고
자리에 앉자마자
그렸어요.
이건 연필로
여긴 펜으로 그린 거예요.
감사해요. 예쁘게 그려주셔서.
가지세요.
정말요?
네.
또 그릴 거예요.
걔가 너무 예뻐요.
네.
감사합니다.

결혼식

나는 공주연의 필통에 "나는 공주다"라고 적은 종이 쪼가리를 넣어놓았다. 반 친구들에게 그녀가 스스로 공주임을 선포했다고 말했다. 주연이는 아니라고 소리쳤다. 그리고 나를 때렸다. 나는 울었다. 그녀는 이사 갔다. 다시 만나지 못할 줄 알았는데 꿈에서 그녀를 만났다. 그녀는 신부新婦였다. 나는 그녀에게 결혼을 축하한다며 용서를 구했다. 그녀는 손을 내밀어 나를 용서해주었고 나는 무릎을 꿇어 그녀의 손에 키스했다. 그녀의 아버지, 왕은 나를 못마땅해했지만 이내 우리의 결혼을 승낙할 수밖에 없었다. 나는 왕에게 건배를 제의했다. 왕이 수면제가 든 잔을 들었다. 나는 공주연은 공주다, 라고 말하고 다녔다. 건물이 무너지고 자동차가 불타고 있는 상처 입은 도시를 떠돌아다니며 신이 말한 유리병에 반지를 모으고 다녔다. 결혼식이 아직 한창이었다. 그녀의 아버지가 깨어났냐고 길을 걷던 사람들에게 물었다. 왕은 몹시 화가 났다고 그들이 말했다. 나는 다시 돌아갈 엄두가 나지 않았다. 결혼식이 성대하게 도시를 망치고 있었다.

스톤 에이지

넓은 바지통에 그가 담겨 걸어왔다. 나는 아버지, 하고 말했다. 네 할머니 벌초하고 왔다. 바지가 우주복 같아요. 쓸데없는 소리 하지 말고. 그가 소주잔을 내려놓았다. 그러니까 당신 말씀은, 줄곧 팬티 바람으로 바다에 뛰어든 기분이다, 봉투에 담긴 금붕어처럼 헤엄치면서 제자리를 지키고 있다, 그런 얘기, 맞죠? 나는 손바닥으로 깔때기를 만들어 입에 붙이고 소리쳤다.

그런 얘기는 지겨워요.

당신이 한 이야기 중에 제일 재밌는 이야기는 내 고향을 비하한 이야기. 아버지 돌 굴러가요, 라고 소리칠 때 이미 아버지는 죽고 집은 무너지고 그 아들의 손자가 태어날 때쯤이라는. 너는 느리고 둔하고 속을 알 수 없구나. 너무 많이 울거나. 너무 적게 우는구나.

당신이 울 때는 너무 아플 때 누군가 죽었을 때뿐이군요. 내가 왜
그러겠니?

이 땅은 가죽이 두껍다면 여름을 넘기기 힘들고 털이 얇다면 겨울을 넘길 수 없어. 풀은 적고 나뭇잎은 뾰족해. 물소 떼와 코끼리 가족이 할 수 있는 일은 별로 없죠. 진흙에 몸을 비비거나 강에 들어가 목욕하고 짝짓기할 뿐. 기껏 바란 건 한 뭉텅이의 건초 더미, 한 모금의 물. 그것마저 황무지를 붉게 물들이는 석양, 어둠 속에서 번뜩이는 맹수의 눈, 단말마의 비명과 함께 목구멍 너머로 사라지고 없네요.

아버지 돌 굴러가요. 도망가요, 우리.
들어가면 아무도 나올 수 없는 집이
우리를 잡으러 와요.

그럴 수 없다. 잘난 척하는 놈들 때문에 죽을 수 없어. 아프지도 않고 누가 죽지도 않았는데 우는 놈들이 저도 싫어요. 싫지만 등 뒤로 언덕 아래로 너무 이르게 해가 지고 있어요. 완전히 지고 난 다음엔. 무슨 일이 벌어지나요.

하나의 동물이 여러 세대를 거친다.
금붕어는 지느러미를 바닥에 끌면서 바다로,

코끼리는 상아가 산처럼 쌓여 있다는 공동묘지로 돌아
간다.
아버지가 지평선을 뚫고 걸어온다. 말이 느리고
말이 적고
아픈 말을 골라서 하는 인간들이
커다란 바지를
만들어서
입고 다닌다.
그들의 꼬리가 넉넉하게 감추어진다.

미야오옹

고양이가 내 입술을 핥았다. 밥을 먹고 냅킨으로 입가를 닦아도 그게 지워지지 않는다. 입 주위에서 야옹야옹하는 소리가 들리고 까끌까끌한 혓바닥이 느껴진다. 길가에 앉아 있으면 사람들이 다가와 손을 내민다. 그 손을 잡고 따라간다. 너 귀엽다. 너 안아보고 싶다. 내 냄새가 묻었다면 책임질게. 우리 잘 맞을 거야. 그들의 손등을 핥다가 몸을 부비고 깨물고 이빨 자국을 남기고 달아났다. 다시 길가에 나와 앉는다. 담배를 한 손에 들고 아메리카노를 마신다. 고양이가 싫어하는 것들이다. 노을이 진다. 고양이도 그것을 바라본다. 나는 말했다. 의미가 있니, 이런게? 고양이가 운다. 아프다 배고프다 하고 싶다 입술이 달달 떨리는 겨울이다 자동차의 밑바닥으로 들어갔다 미야오옹캬아악을 한다. 알았어. 알았어. 내 입술을 줄게.

고대 신

그날 밤 레스토랑은 엉망이었다. 우리는 베트남식 닭구이를 시켰는데 그 위에는 기대하지 않은 누들이 올라가 있었다. 오래되고 눅눅한 향신료 냄새는 코를 찔렀다. 나는 좀 당황했지만 괜찮았다. 그녀는 미소를 잃지 않고 있었다. 웨이터는 우리에게 지나치게 비싼 포도주를 권했고 나는 그가 그릇을 소리 나게 들고 다닌다고 생각했다. 그는 포도주 한 방울을 그녀의 하얀 드레스에 떨어트리고는 모른 체했다. 나는 그에게 소리를 질렀다. 그녀는 연신 괜찮다고 나를 위로해줬다. 나 대신 계산해주었고 내 어깨를 감싼 채 나를 차로 데려갔다. 그녀에게 정말 미안했다. 오늘은 그럴 수 있는 날이 아니었다. 우리는 거실 소파에 앉아 대화를 나누었다. 그녀는 말했다. "자기야, 자기랑은 어떤 맛없는 음식을 먹어도 행복해. 그는 좀 무례하긴 했지만." 나는 그녀 앞에 무릎을 꿇었다. "정말 미안해. 내가 잘못한 게 많지만, 오늘만큼은 그러면 안 됐는데. 자기 기분을 나쁘게 하고 싶지 않았어." 그녀는 활짝 웃고 있었다. "다 괜찮아." 그녀의 주변에 조금 빛이 보이는 듯했다. 그녀는 너무나 자비로웠고 나를 용서해주었고 세속의 어떤 고난에도 평정심을 잃지 않을 자신이 있어 보였다. 내가 물었다. "어떻게 그럴 수 있어?" "모르겠어. 갑자기 괜찮아

졌어. 자기가 노력했다는 거. 그게 느껴졌고. 그게 다 자기 탓이 아니라는 걸 전부터 알았지만 오늘은 좀 더 확실히 느껴졌달까." 그녀는 내 머리 위에 손을 올리고 나를 쓰다듬었다. 그녀의 주변을 비추던 빛은 점점 밝아졌다. 나는 눈이 부셨다. 내가 말했다. "자기야. 자기는 신이야. 동양의 어느 고대 신 같아." "정말 그럴지도 몰라." "당신과 나는 전생에 어떤 관계였나요?" "그렇게 생각해도 돼. 오늘은 당신한테도 좋은 날이잖아." 나는 황홀했다. 그녀가 말했다. "그런데 나 가보려고." "왜? 오늘 내가 그 레스토랑에 데려간 것 때문에?" "아니. 이전부터 그렇게 정해진 거야." "이해가 안 돼. 다 괜찮은데. 왜 떠나려는 거야?"

"설명하긴 어려워. 오늘 밤에 깨달은 건데 아주 오래전부터 이러기로 한 것 같아."

"난 당신을 정말 동양의 고대 신이라고 생각한 건 아닌데."

"개가 있었어. 다시는 사람을 물지 않겠다고 약속했고, 주인은 개를 믿었지. 개는 어느 날 길을 가던 소녀를 물었어. 그 벌로 개는 버려졌고. 굶어 죽었어. 가엽지. 이제는 가엽다고 생각해. 당신 말대로 나 정말 자비로워졌나 봐. 그 소녀도 병균이 옮아 죽었어." "이해가 안 돼. 나는 그 개

였고, 당신은 주인이었어?" "지금은 이해가 안 갈지 몰라. 나도 그랬으니까."

"당신 손은 여전히 이렇게 따뜻한데?" "응. 이제 인사 해."

그녀는 곧 그 손을 거두고 일어났다. 나로부터 그녀가 천천히 멀어졌다. 나는 감히 그 사람을 쳐다볼 수도, 그곳을 향해 가까이 갈 수도 없었다. 대신 머리를 땅에 대고 두 손을 앞으로 내밀었다. 동양식 예절에 따라 그녀를 찬양했다.

관광안내서

크라크첸에서는 하얀 드레스를 입고 빙글빙글 돌면 신과 만날 수 있다. '의식'이나 '세례', 다른 어떤 단어도 이것을 정확히 옮길 수는 없다. 빙글빙글 도는 것, 그것은 그것이며 오직 신과의 만남이다. 하얀 드레스를 입은 사람들은 다른 이들과 부딪혀 다칠 수 있으므로 그들 사이에는 검은 옷을 입은 조정자가 있다. 크라크첸의 빙글빙글 도는 사람들은 조정자를 신으로 오해할 수 있다. 조정자는 불시에 "아니다, 나는 아니다!"라고 소리친다. 조정자는 손뼉 치고, 노래 부른다. 뛰어난 조정자는 관객을 즐겁게 해주고, 빙글빙글 도는 사람들은 조정자의 구령에 맞춰 회전의 빠르기를 조절한다. 빙글빙글 도는 사람들은 하얀 드레스를 입어야 한다. 조정자는 검은 옷을 입을 필요 없다. 누군가는 빨간 옷을 입고 누군가는 초록 옷을 입는다. '나는 아니다' 쇼, 미국에서는 그렇게 알려져 있다. 크라크첸에 가면 하얀 드레스를 입은 인형을 구할 수 있다. 그것은 10달러고 인기가 있다. 사람들은 인형의 두 다리를 잡고 재빨리 손바닥을 비벼 인형을 돌린다. 인형은 하얀 드레스를 휘날리며 하늘 위로 올라간다. 다시 손바닥 위에 내려앉은 인형은 검은 옷을 입고 있다.

미국의 왕

나는 그를 가르쳤고, 그는 곧 흥미를 잃었다. 나의 사소한 실수로 인해서 제이슨은 나에게 배울 게 없다고 판단했다. 나는 몇 번 그를 길거리에서 만났다. 그는 고개를 까딱했다. 나는 그를 향해 흔들던 손을 내렸다. 그는 집에 커다란 굴뚝을 세웠다. 새벽에도 그의 집은 환하게 불을 밝혔다. 경찰이 그곳에 들이닥쳤다. 그는 어떤 소화불량의 비타민 덩어리를 과다 섭취했지만 법을 어기지는 않았다. 주민들은 굴뚝이 불법 증축물이 될 수 있을 거라고 신고했다. 그는 커다란 굴뚝을 철거하고 창문을 뚫어 은박지를 두른 간이 배기관을 설치했다. 배기관은 하얀 연기를 피워 올리며 땅바닥에 처박혀 있었다. 나는 동네 아이들이 그의 집에 돌을 던지는 걸 보았다. 돌멩이 몇 개가 운 좋게 집에 닿았다. 아이들은 뛰어서 도망갔다. 제이슨은 집 밖으로 나오지 않았다. 나는 새벽에 그 집 문이 세게 닫히는 소리를 들었다.

우리 집 문을 두들긴 건 제이슨의 어머니였다. 그녀는 마을을 오랫동안 떠나 있었다. 나는 그녀가 별로 마음에 들지 않았다. 그녀는 제이슨에게 지나치게 가혹한 책임을 부여한 장본인이었다. 그녀와 나는 거실에 앉아 차를 마셨다. 그녀는 거듭 미안하다고 말했다. 내가 제이슨과 만나

줄 수 없느냐고 물었다. 나는 거절했다. 그녀는 떠났다. 제이슨의 집에 전기 공급이 끊겼다. 캄캄한 제이슨의 집이 텅 비었다는 사실은 천천히 알려졌다. 제이슨이 언제 어디로 갔는지는 아무도 몰랐다. 나는 몸이 완전히 회복되어 학교로 돌아갔다. 동료들과 아이들이 나를 반겨주었다. 나는 생일이 아닌데도 초가 꽂힌 케이크를 받았다. 나는 힘껏 불어서 촛불을 껐다. 또 누군가 우리 집 문을 두들겼다. 새까만 로브를 뒤집어쓴, 내 허리춤에 키가 닿을 정도로 작은 노인이었다. 그녀는 자신의 키만 한 지팡이를 짚고 있었다. 윤기 있고 기다란 코가 그녀의 후드 밖으로 나와 있었다. 그녀가 제이슨은 어디 있느냐고 물었다. 나는 모르겠다고 말했다. 그녀는 약속이 되어 있었는데 난감하게 되었다고 말했다. 그녀는 문 앞에서 떠날 생각이 없어 보였다. 나는 노인에게 괜찮으면 잠시 집에서 쉬었다가 가라고 권했다. 그녀는 집으로 미끄러져 들어왔다. 그녀는 휘파람은 아닌데 그 비슷한 바람 소리를 쉬이익, 쉬이익 하고 냈다. 나는 그녀에게 그의 어머니의 전화번호를 알려주었다. 그녀는 받아 적지 않았고 잠자코 듣고 있었다. 나는 그녀가 약간의 정신적인 문제를 안고 있을 수도 있겠다고 생각했다. 그녀는 곧 알 수 없는 말을 중얼거리기 시작했다. 그녀가 곧이어 주문을 멈추고 내가 대접한 차를 한 입 마셨다. "제이슨은 여기 있어." 그녀가 말했다. 나는 좀 놀랐다. 그녀는 왜 여기 찾아왔는지 말하기 시작했다. "제이슨은 가끔 집을 나가서 나와 만나고는 했어. 그리고 다시 자신의 집으로 돌아갔지. 우리 집은 여기서 오천 킬로미터 떨어져 있어. 얼마 전부터 그가 찾아오지 않았어. 나는 그를 기다렸어. 하지만 그렇게 여유롭게 기다리지는 못해. 언젠가 그가 말했던 학교 선생님 이름을 기억하고 당신한테 온 거야. 내가 잘 왔네." 나는 그녀에게 그걸 어떻게 아냐고 말했다. 그러니까 제이슨이 여기 있다는 것을 어떻게 아느냐고. "나는 느낄 수 있어. 우리가 실제로 만났던 건 아니야. 준비만 좀 된다면 우리는 영혼 상태로 빠져들 수 있어. 그는 특이체질이었지. 육체로부터 아주 먼 길을 떠나도 돌아갈 수 있었어. 그는 영혼의 힘이 강했어." 그녀는 지팡이로 바닥을 쿵쿵 치고는 다시 입으로 주문을 외우기 시작했다. "그가 길을 잃었나요?" 내가 물었다. "아니, 그는 언제나 원하는 길을 걸었어." 나는 고개를 끄덕였다. 그는 정말로 원하는 걸 하려고 했고 꽤 그쪽으로 많이 갔다. "하지만 그는 집 안에 틀어박혔어요. 그가 하는 일로 인해 그의 부모님은 떠났고 그는 마을 사람들로부터 외면당했어요. 나는 그를 걱정했어요." "사실이지. 우리 세계에서는 아무 의미 없는 사실이야. 그는 우리 세계에서 가장 힘이 셌어. 우리는 그를 존경했지. 그의 영향력은 이렇게 작은 마을에 비할 수 없이 넓게 퍼졌어. 비유하자면, 그는 미국 전체를 다스릴 수 있었어. 비유하자면." "그가 왜 당신을 떠났고 이 집에 온 거죠?" "우리는 사랑했어. 나는 그의 가치를 가장 먼저 알아봤지. 그는 내게 청혼했고 우리는 곧 영혼결혼식을 올릴 예정이었어. 나는 그가 잠깐 준비를 위해 돌아갔다고 생각해. 뭔가 당신 집에서 꼭 필요한 걸 가져올 거야." "그게 뭐죠? 왜 내 걸 함부로 가져려는 거예요?" 나는 사방을 둘러봤다. 제이슨은 보이지 않았다. "그건 모르지. 그는 우리의 왕이었어. 그가 떠나고 느낀 상실감은 설명할 수 없어. 이렇게 만난 것만도 다행이야. 그는 원하는 걸 찾을 거고 곧 우리 세상을 다스리러 올 거야. 그를 확인했으니 난 돌아가서 기다리기만 하면 돼." 나는 밤마다 조금 무서웠다. 한번 침실에 들면 날이 밝을 때까지는 나가지 않았다. 어두운 밤, 아무도 없는 곳에서 그를 마주치면, 그가 아무리 제이슨이라도 무서울 것 같았다. 그가 예전의 그 제이슨이라는 보장도 없었다. 하지만 그 이후로도 별일은 없었다. 여전히 나는 제이슨이 집 어딘가에 있다고 느꼈지만, 어디 지하 창고나 다락방 같은 곳에서 느껴졌고, 그는 별로 활동적이지 않았다. 나는 다시 학교에 나가 아이들을 가르쳤다. 몇 번의 실수를 했고, 아이들을 만나는 일이 정말 내가 해야 할 일인지 고민했지만, 별다른 인생의 계획은 가지고 있지 않았다. 가끔은 집에서 혼자 위스키를 땄다. 몇 번 제이슨의 어머니와 그 노인이 왔다 갔다. 그들은 제이슨을 기다린다고 했다. 내 생각에 노인 쪽은 좀 급해 보였다. 그녀는 갈수록 더 허리가 굽어지고 말이나 행동이 느려졌다. 그녀와 대화하는 일은 나쁘지 않았다. 그의 집이 철거된다는 이야기를 들었을 때는 동네 부동산 업자와 문 앞에서 수다를 좀 시끄럽게 떨었다. 그가 찾던 것은 그의 집에 없었던 모양이었다. 다시 또 밤이 찾아왔고, 그날은 평소보다 한 병의 위스키를 더 개봉했다. 나는 잔을 높이 들어 건배를 외쳤다. "미국의 왕! 제이슨을 위해!" 문득 그가 영혼이 되어서야 알 수 있었던 잃어버린 무언가에 대해서 나도 알 것 같은 기분이 들었는데, 그게 정확하게 무엇인지, 또 어떻게 줄 수 있는지는 떠오르지 않았다. 아무리 생각해도 알 수 없었다. 너무 취했던 모양이었다. 나는 지하 창고로 내려갔다. 그곳에 불을 켰다. 그곳은 오랫동안 방치되어 있어서 먼지가 가득했다. 나는 계단에 걸터앉았다. 노파가 하던 대로 쉬이익, 하고 바람을 입으로 내뿜었다. "제이슨, 그만 해." 먼지가 잠깐 넘실거리는 것 같았다. "만약 네가 찾고 있던 게 이게 아니라도, 그만해. 네가 책임져야 할 사람들 이 있잖아. 우리는 네 것에 감탄했고 황홀했어. 그런데 어 쩌라고?" 지하 창고는 여전히 고요했다. "내가 이 일을 그 만두길 바라니? 어떤 왕이라도 자신을 필요로 하는 사람 들을 원하지 않니?" 뭔가 내 어깨를 툭, 하고 치고 갔다. 나 는 속상했다. 그가 엄청난 속도로 사랑하는 사람에게로 달 려가는 걸 느낄 수 있었다.

부록

상담가의 신비한 수정 구슬

예전에 친구에게 너무 힘들다고 말했더니 친구가 너무 힘들어하지 말라고 했다. 나는 친구가 '상담 기술'이라는 것을 배웠으면 했지만 그렇게 말하지 않았다. 친구가 정말 상담 기술을 배워서 나에게 써먹을 수도 있기 때문이다. 나는 나 자신에게 상담 기술을 써먹을 수밖에 없었다. 예를 들면 내가 생각하는 고통에 이름을 붙여보는 것이다. 휴지 조각, 쇠구슬, 호박이라고 소리를 내서 말해보고 내가 느끼는 고통을 그것 중 하나라고 상상하는 것이다. 그것들을 쓰레기통에 집어넣거나 던져버리거나 망치로 때려 부수고. 정말 효과가 있냐고? 효과가 있다는 사람은 마술사가 모자 속에서 토끼, 비둘기, 이구아나를 꺼내는 것처럼 자신의 문제를 이것저것으로 바꿀 수 있다고 말한다.

어느 정신의학 서적에 따르면 내담자는 상담가에게 호감을 느낄 수 있다. 상담가로서도 상담을 계속 진행해나가야 하므로 내담자의 호감이 나쁘지 않다. 호감에 그치면 안 되겠지만, 일단은 내담자가 반감을 품게 하지는 않는다. 책에 따르면 내담자가 상담가에게 사랑의 감정을 느끼는 일도 흔하다. A라는 약을 투여하면 높은 확률로 뇌압이 상승하고 그러다가 결국 뇌졸중에 빠질 수 있는 것처럼, A라는 상담 기술을 활용하면 환자는 상담가에게 의존하게 되고 결국 사랑의 감정을 느낄 수 있다. 어느 나라에서는 정신과 진료가 끝나고 2년이 지나면 의사와 환자가 사귀고 결혼할 수 있다.

친구는 적어도 내가 반감을 느끼지 않도록 해줄 수도 있었을 것이다. 그 덕분에 나는 사람들과의 대화를 통해 문제를 해결하려는 긍정적인 성격을 가지게 되었을지도 모른다. 그게 아니면 엉뚱하게도 친구를 사랑했을 수도 있다. 상담가도 누군가의 내담자다. 친구가 내게 찾아와 상담을 요청하는 상상을 해본 적 있다. 나는 상담가로서 친구를 맞이한다. 친구가 나에게 사랑의 감정을 느끼면 나는 '분석가의 욕망'을 찾기 위해 노력해야 한다. 분석가의 욕망을 이해하기 어려우면 그걸 다른 물건이라고 생각해볼 수 있다. 점성술사의 신비한 구슬처럼 분석가의 욕망은 잃어버릴 수도 있고 다시 찾을 수도 있다. 어떤 최악은 끊임

없이 나에게 실패를 떠올리게 하는 기억을 가진 사람이 찾아오는 것이다. 예를 들어 나를 떠났던 사람이 찾아온다면 나는 당황한 나머지 신비한 수정을 깨트릴 수도 있는 거고 그럴 때를 대비해서 슈퍼바이저는 내게 상담을 포기할 것을 권할 수 있다. 내 앞에서 내담자는 자신의 지난 연애사를 읊기 시작한다. 한번은 남자친구 중 하나가 그녀의 집 앞에 찾아왔고 그가 울기 시작했으며 그녀는 만족감을 느꼈다는. 뭐랄까. 나에게는 너무도 이기적으로 느껴지는 그런 이야기들 말이다.

상담가는 상담의 기술을 활용해야 한다. 거울처럼 반짝이는 방패를 들고 내담자의 눈이 내담자를 향하도록 한다. 신화와 같이 내담자를 파멸에 이르게 해서는 안 될 것이지만 방패를 든 상담가는 왜 이토록 힘들게 방패를 들고 죽음을 무릅쓰고 내담자를 도와주어야 하는지 물을 수밖에 없다. 왜 나는 다른 사람의 말을 들으려고 하는 거고, 또 왜 나는 다른 사람의 말을 듣고 싶지 않은 거고, 왜 나는 다른 사람을 싫어하고 왜 나는 다른 사람을 좋아하고 왜 나는 이 이야기가 아무런 희망이 없다고 생각하며 왜 나는 이 대화가 잘 되어가고 있다고 생각하는가. 상담가가 방패를 들어 자신의 얼굴을 본다. 거기 메두사가 있다.

키스하지 않으면 하차하겠습니다

카페에 앉아 있다. 내 맞은편 조금 떨어진 자리에 앉아 있는 남녀가 입을 맞춘다. 입을 맞추고 난 다음에 여자가 남자에게 말한다. 음악 소리가 커서 잘 들리지 않는다. 혓바닥으로 자기 윗잇몸을 쑤셔달라고 말하는 것 같다. 잘 들리지 않으니까 확실하지는 않다. 남자는 알겠다고 말한다. 남자가 원하는 건 없었을까. 남자는 전에도 그런 식으로 다른 사람이 원하는 방향으로 해주었나. 이제 여자는 키스할 때 어떤 기분이 드는지 이야기하기 시작하는 것 같다. 남자는 가만히 듣고 있다. 한 번씩 점원이 계산대에서 나와 주변의 테이블을 닦는다. 왜 이렇게 된 걸까. 잠깐이지만 나는 세상에서 가장 중요한 문제에 대해 고민했다. 사람들의 인정에 대해서 말이다. 윗잇몸? 거기 뭐가 있는 걸까. 아마도 윗잇몸만 있는 것은 아닐 것이다. 거울로 보면 그곳에는 복잡한 혈관이 지나간다. 중요한 것이다. 사람들이 원하는 것이다. 아니 알게 뭔가. 윗잇몸이 아니라 아랫잇몸일 수도 있는데. 중요한 것은 내가 사람들에게 어떤 평가를 받는지다. 그런가. 저 사람들도 그런 생각을 하고 있을까. 서로에게 어떤 평가를 받는지에 대해서 고민하는 걸까. 점원은 테이블을 닦으면서 지나갔고 그들은 다시 키스한다. 아무런 의미가 없을까. 이런 행동들. 아니 이런 행동들에 대해서 적고 있는 나는? 내가 하는 건 손가락을 움직이는 거다. 그리고 백지 위에 글자가 작성된다. 나는 눈과 손으로 즐긴다고 할 수 있지 않을까. 하지만 그것이 사람들에게 만족감을 주는 키스와는 어떻게, 얼마나 다를까. 점원들이 지나치게 시끄럽게 떠들어도, 음악 소리가 너무 커도 인상 한 번 찌푸리지 않고 그 모든 것들을 내버려둔다. 윗잇몸을 한번 핥고 나면 적어도 한 가지 문제는 해결된다. 급한 불은 끄고 보자. 그런 생각으로 지금까지 살았던 건 아닐까. 적어도 한 군데는 시원하게 건드려놓았으니 되는 거 아닌가. 궁금하게 하는 게 있다. 하나보다는 두 가지 문제를 끝내면 더 나아지는 게 아니겠냐는 것이다. 돈과 명예를 가진 사람들이 궁금하다. 좀 어떨까. 돈과 명예로 나아진 점이 있다면 그리고 돈과 명예가 없는 시절로 돌아갈 수 없다면 어떨까. 아무것도 나아지는 것이 없으며, 문제를 해결하려고 하는 순간 문제가 하나 더 생길 뿐이라고 믿었던 사람들은? 남자도 그렇게 생각할까. 남자는 풀이 죽어 보였다. 아닌가. 남자의 얼굴은 잘 보이지 않으니 상상할 뿐이다. 내친김에 그를 나의 동료라고 생각해도 나쁠 건 없을 것 같다. 친구나. 여자가 내 옆을 지나간다. 스카프를 하고 있다. 시계도 차고 있다. 그 이상은 말하지 않는다. 왜냐하면 그녀는 친구의 친구이거나 친구의 문제이거나 혹은 누군가를 문제라고 생각하는 친구이거나 그럴 것이고, 결국 우리는 뭐랄까, 사람이라는 가죽의 뒷면에 있는, 이 환상의 게임, 손에 잡히지 않는 VR을 하는, 가죽 안의 외계인, 윗잇몸일 수 있다. 가끔 서로의 안부를 물어봐야 한다. 잘 지내느냐고 누군가 물으면 내가 어떤 문제를 겪고 있고, 어떤 문제를 해결했는지 말하는 건 지겹고 우리를 초라하게 만든다. 다른 것을 말해야 한다. 가죽의 뒷면에 대해서 말해야 하고, 서로의 것을 강렬하게 쑤셔야 하는데, 그걸 키스라고 부르기에는 부족하다.

플라스틱 뚜껑

오랜만에 아는 사람과 술을 마시고 집에 들어와 한참을 옷을 벗지 않고 앉아 있다가 겨우 옷을 벗고 양치를 하고 세수를 하고 얼굴에 로션을 바르고 얼굴을 쓸어내리다가 책상 위에 플라스틱 뚜껑 하나를 보았다. 주위를 둘러봐도 닿을 것이 없는데 놓여 있다. 쓰고 싶은 게 있다. 이 플라스틱 뚜껑과 연관을 지어보면 어떨까. 나는 지나치게 많은 술을 마신 상태였다. 이성적인 판단이 불가능했다. 아는 형에게 소개팅을 주선해주었다. 그것과 플라스틱 뚜껑은 전혀 관련이 없다. 처음에는 두 병의 뚜껑을 땄고 다음으로 술을 주문했는데 모두 큰 잔에 담겨 나와서 더는 뚜껑을 열 수 없었다. 생각해보니 그렇게 많이 마신 것도 아니다. 조금 늦었지만 자야 할 준비를 마쳤다. 〈미나리〉라는 영화를 얼마 전에 봤다. 영화는 한국 이민자 가족의 삶에 대해서 말한다. 그것이 나와 무슨 상관일까. 나는 에이시언-아메리칸들이 멋지다고 생각한다. 그들 중 한 명, 어느 시인을 만난 적 있다. 그는 정체성에 대해서 고민하고 있었다. 그는 한국어를 할 줄 몰랐다. 나는 영어를 할 줄 몰랐다. 더 할 이야기는 없다. 그런데 선생님은 그들의 시를 좋아했다. 나는 그들이 말한 시를 기억하지 못한다. 선생님은 영어를 사용하는 사람들을 덮어놓고 좋아하는 것 같다. 선생님은 돌아가셨다. 이 이야기도 내가 해야 하는 이야기, 플라스틱 뚜껑과는 관련이 없는 것 같다. 주변을 돌아보는데 뚜껑이 많다. 하나같이 무언가를 닫고 있다. 그 이유는 명백하다. 뭐든지 적당히, 적당히 사용하고 오래 사용하고 싶어서 그렇다. 책상 위의 책들도 가만히 덮여 있고, 노트북도 노트도 덮여 있다. 에이시언-아메리칸이 만든 그 영화에서 인종차별적인 요소는 드물게 보인다. (그럼에도 불구하고 그들의 삶을 결정하는 것은……) 지금까지의 비슷한 영화와는 다른 것 같다. 그 점을 좋게 보았다. 그렇지만 그 영화에 나오는 아이가 너무, 교포같이 생겼다. 머리숱이 많았다. 머리숱이 많은 것이 교포 같다는 걸까. 잘 모르겠다. 나는 잘 모르는 것에 대해서 많은 말을 한다. 플라스틱 뚜껑에 대해서도 그렇다. 나는 그것이 어떻게 만들어지는지 그것의 원리에 대해서 전혀 모른다. 다만 이런 시가 떠오른다. 이 시는 김영승 시인이 쓴 것이다. 김영승 시인은 아내와 아이가 통조림 뚜껑을 따지 못해서 자신에게 달려오는 장면을 썼다. 뚜껑을 따지 못하는 이와 뚜껑 안의 산해진미, 그리고 뚜껑 안에 뚜껑 따개. 그 시를 전부 다 옮기지 못하겠다는 생각이 든다. 왜냐하면 그 시는 내가 좋아하기 때문이다. 그 에이시언-아메리칸의 시는 별로 좋지 않았다. 순전히 주관적인 판단이다. '주관적'이라는 표현은 내가 절제 없이 말했을 때 쓴다. 적당히, 언제나 적당히 주관적일 것. 그것이 내가 말에 대해 배운 전부이다. 만약에 적당히 하지 않는다면, 안에 있는 내용물을 전부 다 쏟아버린다면 무슨 일이 일어나는지에 대해서는, 잊어버렸다. 어릴 때 나는 수시로 물을 엎질렀고, 넘어졌고, 다쳤다. 까진 상처로 피가 흘러내렸다. 나는 그 아픔을 잊어버렸다. 지금은 그 실수를 반복하려고 하는 것일지도 모른다. 〈미나리〉에 대해서 써야 하는데, 나는 〈미나리〉가 아니라 순전히 나에 대해서 쓰고 있으며 대상에 대한, 대상을 위한 어떤 글도 쓰지 못할 것이라는 생각을 하게 된다. 만약 같이 술을 마신 형이 이 영화를 본다면 다른 생각을 할 것이다. 그 형은 세상이 자신에게 적절하게 응답하지 않는다고 말했다. 정확하지는 않다. 나는 그 형의 말에 이렇게 대답했다. 10년 동안 형의 말을 '종합적으로' 정리하자면 그런 인상이 강하게 든다고. 왜 나는 이 '종합적으로'라는 말을 생각해내고 뿌듯해했을까. 뿌듯했던 기억은 또 있다. 그것은 형이 문학 전문가들에게 둘러싸여서 고통스러워하는 것 같은데, 그보다는 문학 애호가들을 만나는 게 어떻겠냐고 내가 말했을 때이다. 이 '애호가'라는 말을 생각해내고 다시 뿌듯해했다. 나는 숨기는 게 있다. 나는 불안하다. 사람들이 나를 떠나갈 것이 불안하다. 누구나 그렇지 않을까. 〈미나리〉의 감독, 많은 세월을 살아왔을 것인 그 감독도 나와 같이 사랑받고 싶은 마음을 절제하는 과정에 있고, 그래서 아역에게 많은 대사를 주지 않았고, 불길을, 모든 것을 태우는 불길을 오랫동안 카메라로 잡은 걸까. 그것이 카메라 안에 담긴다는 사실, 카메라로 그것을 보려고 한다는 사실, 카메라의 검은색 테두리가 문득 내가 말하고 싶어 하는 것의 전부 같다. 카메라 안에 담긴 무엇이나, 카메라의 주변을 흐르는 듯한 음악이나 배우의 표정이나 연기가 아니라. 그 테두리에 대해서 말하고 싶다. 음료의 달콤함이 아니라 음료의 뚜껑, 플라스틱, 맛볼 수 없는 그것에 대해서 말하고 싶은 것이다. 만약에 선생님도 그러한 것을 찾으려고 했던 것이라면, 선생님도 겉으로는 그 에이시언-아메리칸의 시를 좋아하는 척했지만, 사실은 그들의 영어, 알아듣기 힘든, 그 딱딱한 언어의 촉감과 그 딱딱한 언어의 테두리에서 무언가를 찾으려고 한 것이라면, 나는 질문의 기회를 놓친 것이고 선생님은 답변의 기회를 놓친 것이 된다. 그것에 대해서 말하려고 할수록 전혀 말할 수 없고 말할 수 없음, 그것이 우리가 유일하게 다루고자 하는 것이라면, 우리는 적절하게 대응하고 있는 걸까. 나 또한 결국 적절한 뚜껑을 찾아 헤매는 중이 아닐까. 그러다가 언젠가는 기화되어 날아가버리는 것은 아닐까. 줄줄 새는 뚜껑을 완전히 꽉 닫지 못하는 것을 후회하다가. 하지만 그때가 되면 또 이렇게 생각할 수도 있다. 참지 말걸. 닫지 말걸. 모든 것을 다 보여줄걸. 내가 얼마나 사람들에 대해 골몰했는지. 나는 사람들을 위한 글을 적었다. 그것이 때로는 나를 실망하게 했다. 절제하려 했고 나아지려고 했다. 결국 어떤 것도 알 수 없게 되어서 내 앞에는 뚜껑만 덩그러니 놓여 있다. 적어놓고 보니 '종합적으로' 나는 '절제'에 대해서 말하고 있는 것 같다. 그것이 나의 뚜껑이다. 오늘의 뚜껑이고. 더는 못 쓰겠다. 이제 뚜껑은 희미해졌고 아는 형과의 연락은 뜸해졌다. 술기운도 당연히 어디에도 남아 있지 않다. 다 어디 갔을까. 천천히 사라지기를 바랐던 모든 것들은 충분히 천천히 사라진 걸까.

아침달 시집 24
엄청난 속도로 사랑하는

1판 1쇄 펴냄 2022년 5월 31일
1판 4쇄 펴냄 2024년 11월 1일

지은이 고민형
큐레이터 김소연, 김언, 유계영
편집 송승언, 서윤후, 정채영, 이기리
디자인 한유미, 정유경

펴낸곳 아침달
펴낸이 손문경
출판등록 제2013-000289호
주소 04029 서울시 마포구 양화로7길 83, 5층
전화 02-3446-5238
팩스 02-3446-5208
전자우편 achimdalbooks@gmail.com

© 고민형, 2022
ISBN 979-11-89467-04-3 03810

값 12,000원